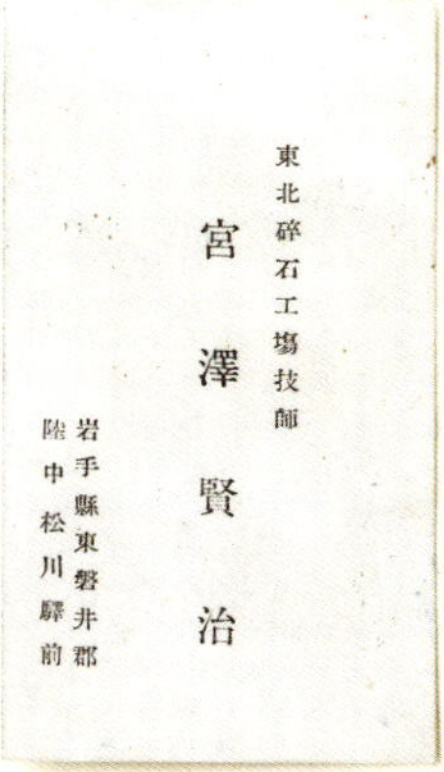
東北碎石工場技師
宮澤賢治
岩手縣東磐井郡
陸中松川驛前

17−1
くらしの形見

17-2

くらしの形見

17-3

くらしの形見

17-4

くらしの形見

17-5

くらしの形見

17-6

くらしの形見

17-7

くらしの形見

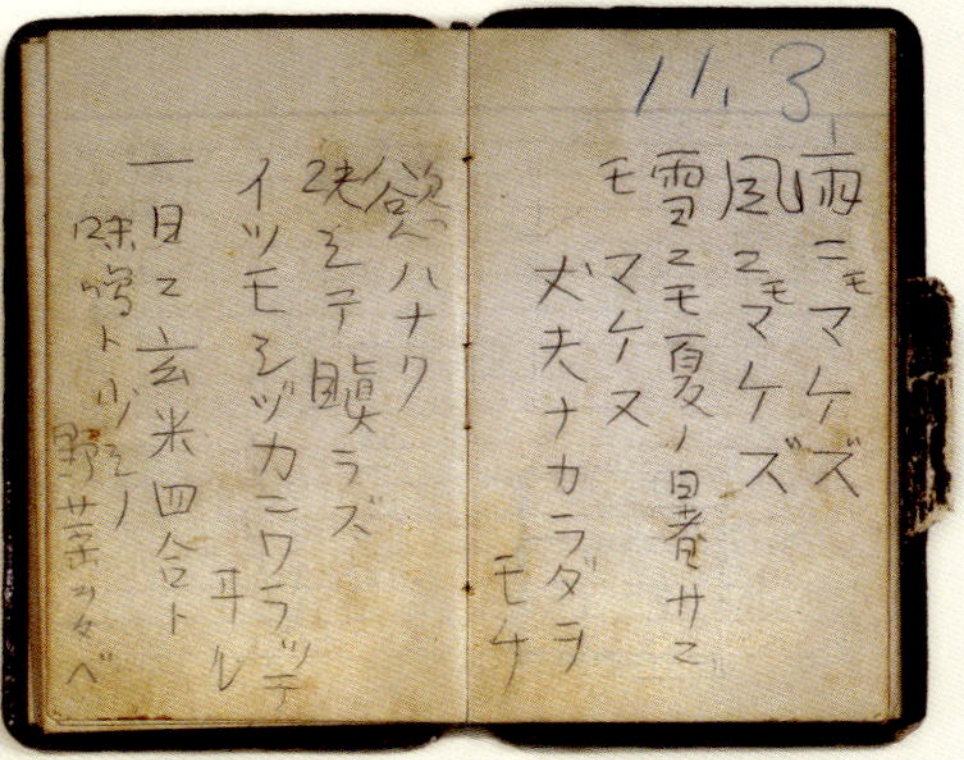
11.3.
雨ニモマケズ
風ニモマケズ
雪ニモ夏ノ暑サニモマケヌ
丈夫ナカラダヲモチ
慾ハナク
決シテ瞋ラズ
イツモシヅカニワラッテヰル
一日ニ玄米四合ト
味噌ト少シノ野菜ヲタベ

17-8

くらしの形見

宮沢賢治

MUJI BOOKS

くらしの形見 | #17 宮沢賢治

宮沢賢治がたいせつにした物には、
こんな逸話がありました。

17−1 | **砕石工場技師の名刺**
農村改良を夢見た賢治の晩年の名刺。創作のかたわらで、
自ら調査改良した肥料用の炭酸石灰の普及に奔走していました。

17−2 | **バタグルミの化石**
「イギリス海岸」こと北上川岸の泥岩層で採掘されたクルミの化石。
新第三紀鮮新世頃のものとされ、賢治が最初の発見者とも。

17−3 | **採集用ハンマー**
小学生の頃から大の鉱物好きであだ名は「石コ賢さん」。
盛岡高等農林学校時代、鉱物採集に使っていたハンマーです。

17−4 | **鉱物晶軸模型**
鉱物の晶軸を象った模型で、農林学校で当時使用していたもの。
詩や童話には鉱物の描写が数多く散りばめられています。

17−5 | **心象スケッチ『春と修羅』初版本**
生前に刊行した本は『注文の多い料理店』と本書の二冊のみ。
発行部数1000部。自身の詩作を「心象スケッチ」と呼びました。

17−6 | **カルテットの譜面台**
四重奏用にデザインされた譜面台。新しい農村の建設を目指す
羅須地人協会の仲間と農民楽団結成に向けて演奏を練習しました。

17−7 | **水彩画「ケミカルガーデン」**
顔のある月と結晶の枝。水溶液中で結晶が樹枝のように成長する
化学実験の美しくも不思議な現象をモチーフにした自筆画です。

17−8 | **雨ニモマケズ手帳**
死の直前に賢治が記した手帳。詩「雨ニモマケズ」などが綴られ、
愛用した革トランクのポケットから死後に発見されました。

目次

この人あの人

156

KENJI 0

図版番号は、一五四ページの「逆引き図像解説」をご参照ください。

宮沢賢治の言葉

宮沢賢治の作品や手記の言葉を
AからZまで26のキーワードで
集めました。

A　雨ニモマケズ
B　望遠鏡
C　注文の多い料理店
D　ダースコダーダー
E　エネルギー
F　フランドン農学校の豚
G　銀河ステーション
H　肥料設計
I　イーハトーブ
J　ジャズ
K　葦のかたちのちひさなはやし
L　リービッヒ管
M　メモ・フローラ

N　農民劇団
O　音楽
P　ペンネンネンネンネン・ネネム
Q　クォーツさん
R　羅須地人協会
S　詩とセロと本
T　月夜のでんしんばしら
U　うつれ
V　ビジテリアン
W　わたくしのシャツ
X　ジロフォン
Y　やまなし
Z　税務署長

雨ニモマケズ

雨ニモマケズ
風ニモマケズ
雪ニモ夏ノ暑サニモマケヌ
丈夫ナカラダヲモチ
慾《ヨク》ハナク
決シテ瞋《イカ》ラズ
イツモシヅカニワラッテキル
一日ニ玄米四合ト
味噌ト少シノ野菜ヲタベ
アラユルコトヲ
ジブンヲカンジョウニ入レズニ

ヨクミキキシワカリ
ソシテワスレズ
野原ノ松ノ林ノ蔭《カゲ》ノ
小サナ萓《カヤ》ブキノ小屋ニヰテ
東ニ病気ノコドモアレバ
行ッテ看病シテヤリ
西ニツカレタ母アレバ
行ッテソノ稲ノ束ヲ負ヒ
南ニ死ニサウナ人アレバ
行ッテコハガラナクテモイヽトイヒ
北ニケンクヮヤソショウガアレバ
ツマラナイカラヤメロトイヒ
ヒデリノトキハナミダヲナガシ
サムサノナツハオロオロアルキ

ミンナニデクノボートヨバレ
ホメラレモセズ
クニモサレズ
サウイフモノニ
ワタシハナリタイ

詩〔雨ニモマケズ〕

大正十五年三月廿日
宮沢賢治
KENJI
1

望遠鏡

そのうしろには三本の脚《あし》のついた
小さな望遠鏡が黄いろに光って立っていましたし、
いちばんうしろの壁《かべ》には、空じゅうの星座を
ふしぎな獣《けもの》や蛇《へび》や魚や瓶《びん》の形に書いた
大きな図がかかっていました。
ほんとうにこんなような蝎《さそり》だの勇士だの
そらにぎっしり居るだろうか、
ああぼくはその中を
どこまでも歩いて見たいと思ってたりして
しばらくぼんやり立って居ました。

童話「銀河鉄道の夜」

注文の多い料理店

これらのわたくしのおはなしは、
みんな林や野はらや鉄道線路やらで、
虹《にじ》や月あかりからもらってきたのです。

『注文の多い料理店』序

イーハトヴ童話
注文の多い料理店
宮澤賢治著
菊池武雄挿畫裝幀

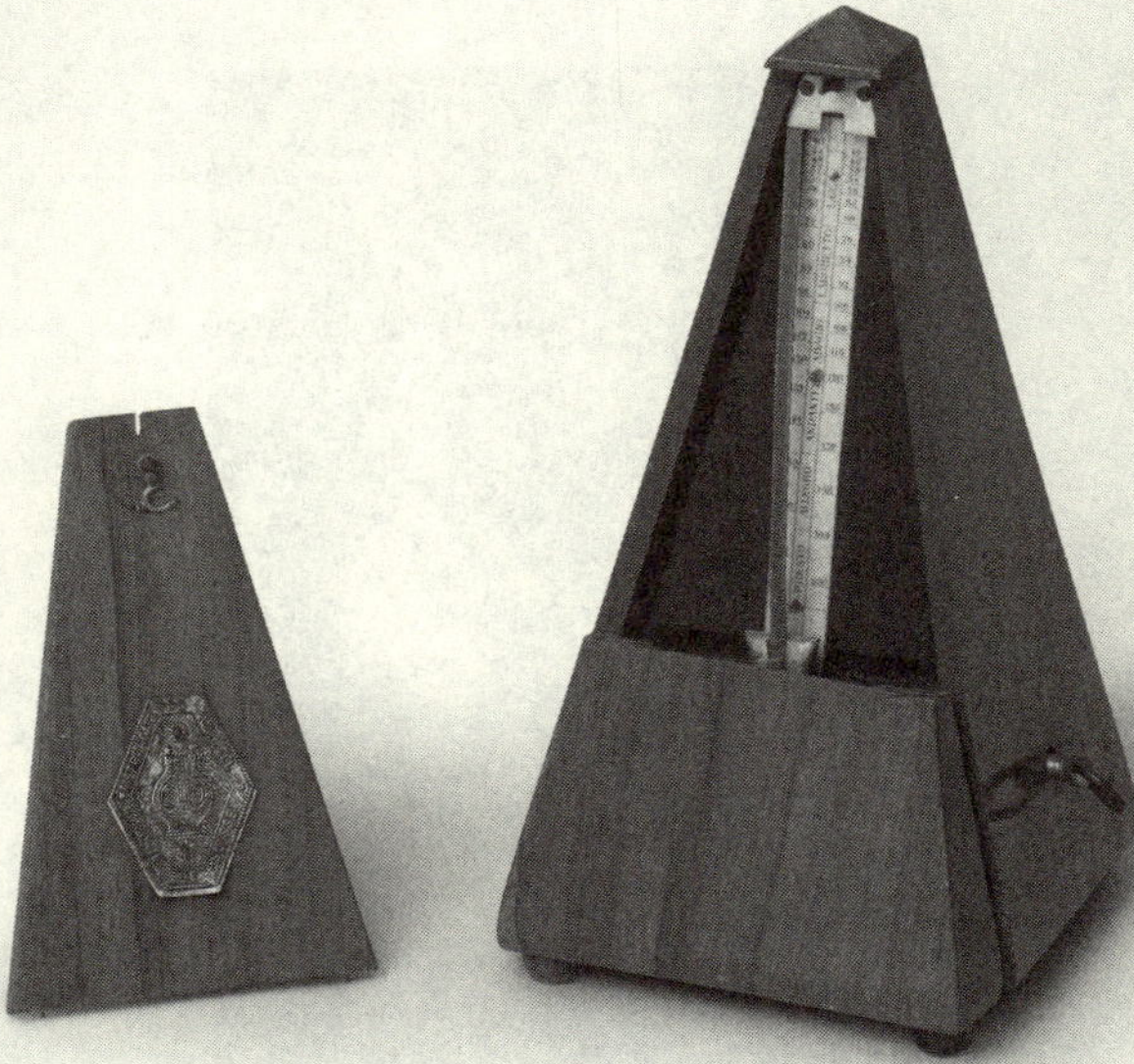

KENJI
3

ダースコダーダー

dah-dah-dah-dah-sko-dah-dah
太刀は稲妻《いなづま》萱穂《かやぼ》のさやぎ
獅子《しし》の星座に散る火の雨の
消えてあとない天《あま》のがはら
打つも果てるもひとつのいのち
dah-dah-dah-dah-sko-dah-dah

詩「原体剣舞連 (mental sketch modified)」

エネルギー

なべての悩みをたきぎと燃やし
なべての心を心とせよ
風とゆききし
雲からエネルギーをとれ

「農民芸術概論綱要」

Kenji
Miyazawa
Kenji
Miyazawa

Miyazawa

KENJI
4

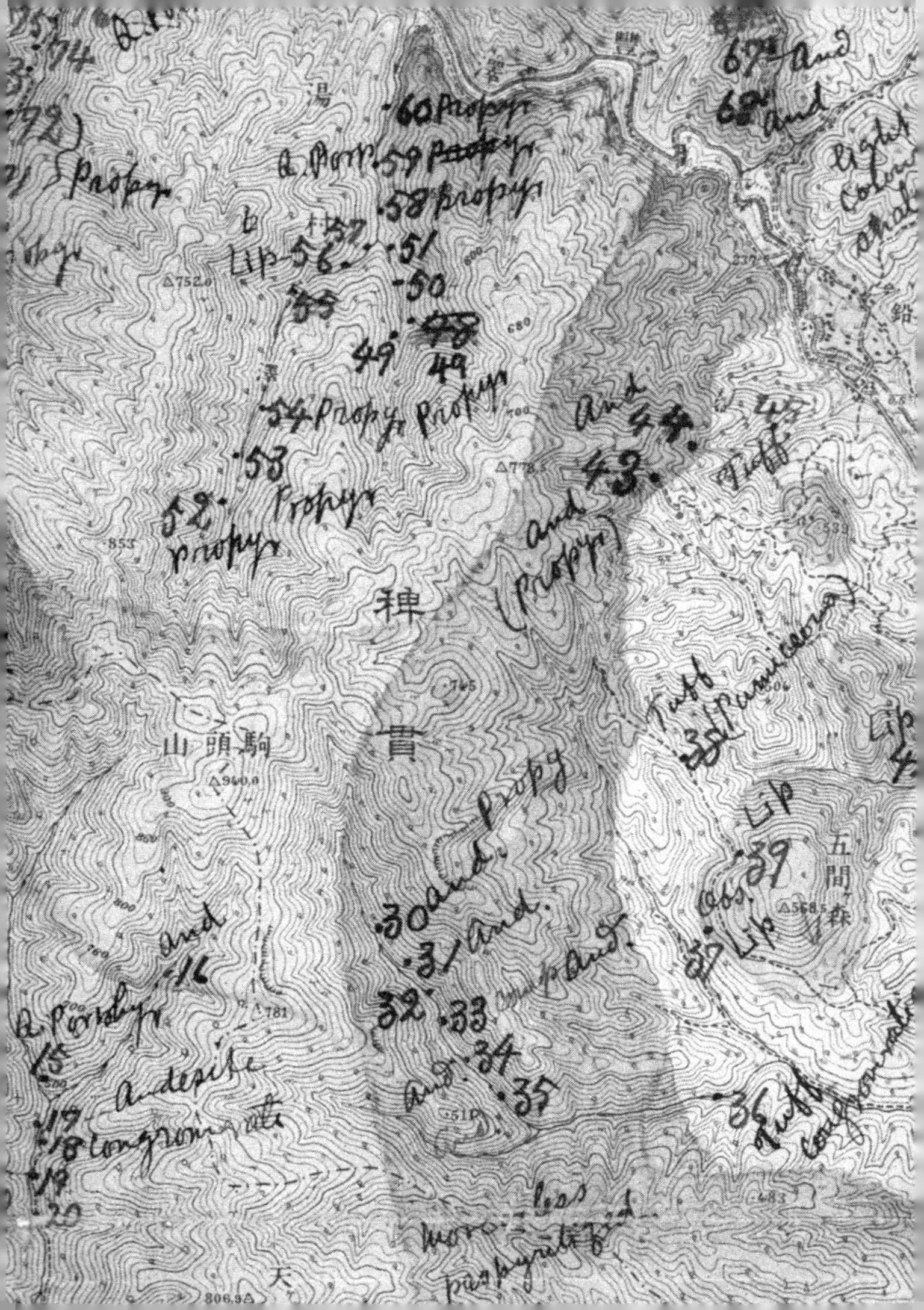

湯
60 Propyr
Q. Porp. 59 Propyr
58 Propyr
Lip 56. 57
51
50
49 49
54 Propyr Propyr
53
52 Propyr
propyr
And 44.
43.
Tuff
And (Propyr)
light colour shale
67 And
68 And
稗
貫
駒頭山
Tuff
38 Pumiceous
Lip
39
Obs. Lip
37
五間森
And
16
Q. Porphyr
15
Andesite
17
18 Conglomerate
19
20
30 and Propy
31 And
32 33
And 34
35
36 Tuff
Conglomerate
天

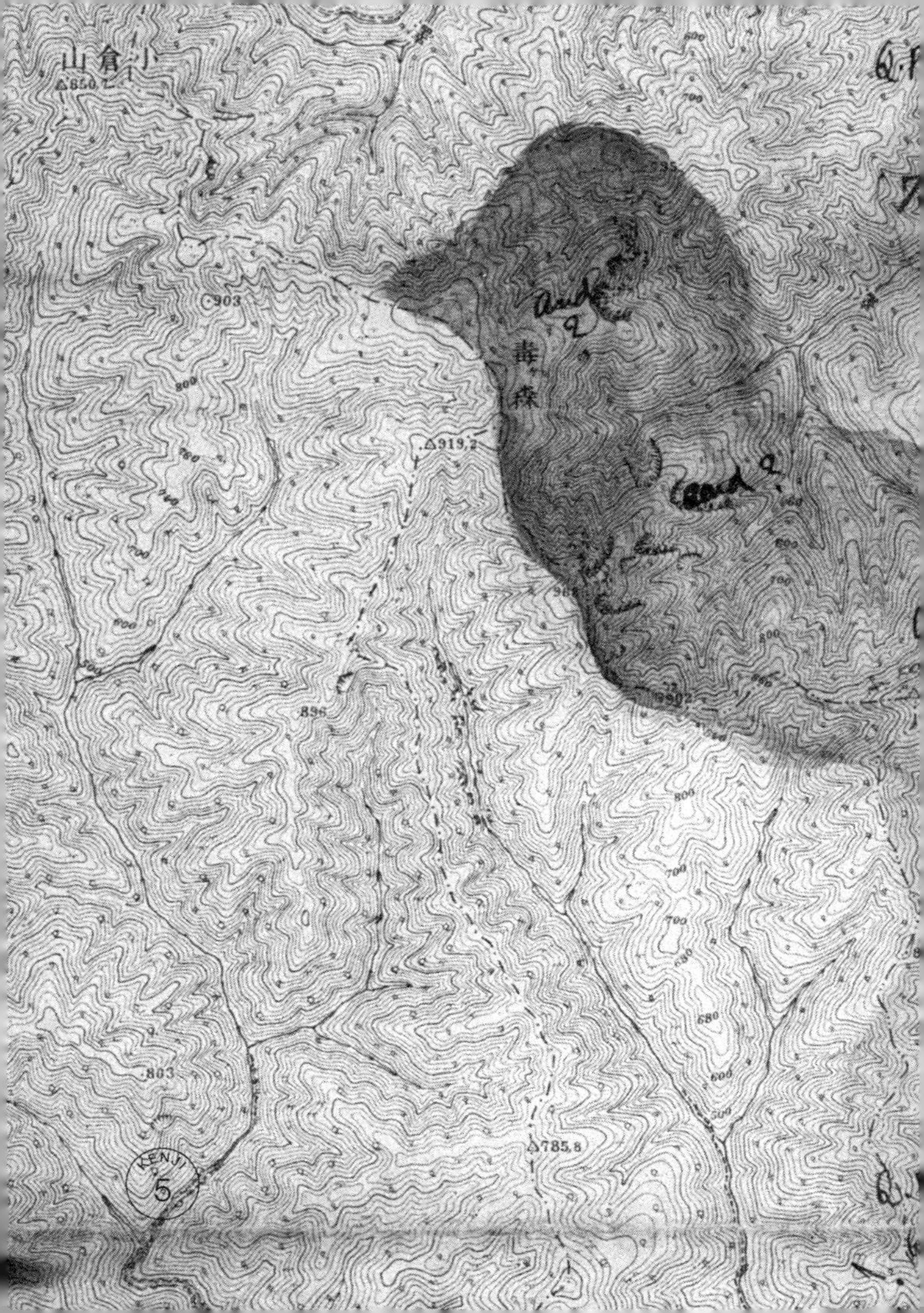
小倉山
△850.2
903
毒森
△919.2
896
863
△785.8
KENJI
5

KENJI
6

フランドン農学校の豚

豚は、白金が、一匁《もんめ》三十円することを、
よく知っていたものだから、
自分のからだが二十貫《かん》で、
いくらになるということも勘定《かんじょう》がすぐ出来たのだ。
豚はぴたっと耳を伏《ふ》せ、眼を半分だけ閉じて、
前肢《まえあし》をきくっと曲げながらその勘定をやったのだ。

童話「フランドン農学校の豚」

銀河ステーション

「この地図はどこで買ったの。
黒曜石でできてるねえ。」
ジョバンニが云《い》いました。
「銀河ステーションで、
もらったんだ。
君もらわなかったの。」

童話「銀河鉄道の夜」

銀河鉄道の夜

一、午后の授業

では「みなさんは、さういふふうに川だと云はれたり乳の流れたあとだと云はれたりしてゐたこのぼんやりと白いものがほんたうは何かご承知ですか。」先生は、黒板に吊した大きな黒い星座の図の、上から下へ白くけぶった銀河帯のやうなところを指しながら、みんなに問をかけました。

カムパネルラが手をあげました。それから四五人手をあげました。ジョバンニも手をあげやうとして、急いでそのまゝやめました。たしかにあれがみんな星だと、いつか雑誌で読んだのでしたが、このごろはジョバンニはまるで毎日教室でもねむく、本を読むひまも読む本もないので、どんなことでもはっきりなんだかどんなこともはっきりよくわからないといふ気持ちがするのでした。

ところが先生ははやくもそれを見附けたのでした。

「ジョバンニさん。あなたは解ってゐるのでせう。」

ジョバンニは勢よく立ちあがりましたが、立って見るともうはっきりとそれを答へることができないのでした。ザネリが前の席からふりかへって、ジョバンニを見てくすっとわらひました。ジョバンニはもうどぎまぎしてまっ赤になってしまひました。先生がまた云ひました。

「大きな望遠鏡で銀河をよっく調べると銀河は大体何でせう。」

やっぱり星だとジョバンニは思ひましたがこんどもすぐに答へることができませんでした。

KENJI 7

肥料設計

それでは計算いたしませう
場所は湯口の上根子《かみねこ》ですな
そこのところの
総反別《たんべつ》はどれだけですか
五反八畝《せ》と
それは台帳面ですか
それとも百刈勘定ですか
いつでも乾田《かたた》ですか湿田《ひどろ》ですか、
すると川から何段上になりますか
つまりあすこの栗《くり》の木のある観音堂と
同じ並びになりますか
あゝさうですか、あの下ですか

＊

生籾《なまもみ》でどれだけ播《ま》きますか
燐酸《りんさん》を使ったことがありますか
苗《なえ》は大体とってから
その日のうちに植えますか
これで苗代もすみ　まづ　ご一服して下さい
そのうち勘定しますから
さてと今年はどういふ稲を植えますか
この種子は何年前の原種ですか
肥料はそこで反当《たんあたり》いくらかけますか
安全に八分目の収穫を望みますかそれともまたは
三十年に一度のやうな悪天候の来たときは
藁《わら》だけとるといふ覚悟で大やましをかけて見ますか

詩〔それでは計算いたしませう〕

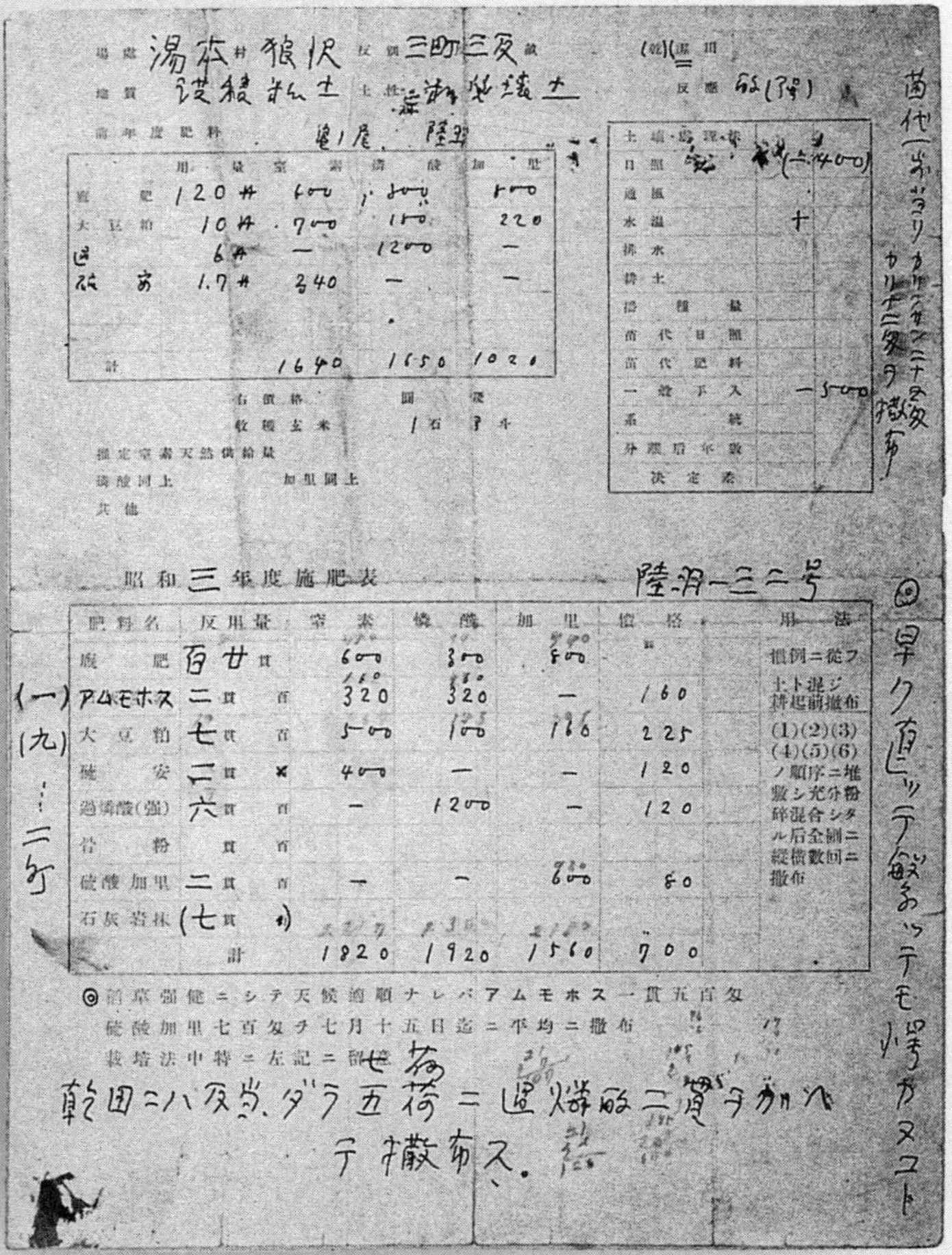

場處 湯本村 狼沢　反別 三町三反畝　(乾)(湿)田

地質 洪積粘土　土性 埴壌土　反収 6俵(?)

前年度肥料 竜1尾、陸羽

	用量	窒素	燐酸	加里
廐肥	120	600	800	800
大豆粕	10	700	150	220
過	6	—	1200	—
硫安	1.7	340	—	—
計		1640	1650	1020

右價格 圓 銭

收穫玄米 1石 斗

推定窒素天然供給量

燐酸同上　加里同上

其他

土壌·局部·環境		
日照		
通風		
水温		十
排水		
耕土		
播種量		
苗代日照		
苗代肥料		
一般手入		−500
系統		
分蘗増年數		
決定素		

苗代一米ヨリカリ二十匁ヲ撒布

昭和三年度施肥表　陸羽一三二号

肥料名	反用量		窒素	燐酸	加里	價格	用法
廐肥	百廿貫		600	300	800		慣例ニ從フ
アムモホス	二貫	百	320	320	—	160	土ト混ジ耕起前撒布
大豆粕	七貫	百	500	100	126	225	(1)(2)(3)(4)(5)(6)ノ順序ニ堆積シ充分粉砕混合シタル后全圃ニ縦横數回ニ撒布
硫安	二貫	×	400	—	—	120	
過燐酸(強)	六貫	百	—	1200	—	120	
骨粉	貫	百					
硫酸加里	二貫	百	—	—	600	80	
石灰岩抹	(七貫	)					
計			1820	1920	1560	700	

(一)(九)……二斤

◎前草強健ニシテ天候適順ナレバアムモホス一貫五百匁

硫酸加里七百匁チ七月十五日迄ニ平均ニ撒布

栽培法中特ニ左記ニ留意

乾田ニハ反当ダラ五荷ニ過燐酸二貫ヲ加ヘテ撒布ス。

◎早ク植ヒッテ分蘖サセテモ燐酸カヌコト

イーハトーブ

小麦粉とわづかの食塩とからつくられた
イーハトヴ県のこの白く素朴なパンケーキのうまいことよ

＊

わたくしは馬が草を喰ふやうに
アメリカ人がアスパラガスを喰ふやうに
すきとほつた空気といつしよにむさぼりたべる

詩「心象スケッチ朝餐」

KENJI
9

ジャズ

「ではね、『愉快《ゆかい》な馬車屋』を弾いてください。」

「何だ愉快な馬車屋ってジャズか。」

「ああこの譜《ふ》だよ。」

狸《たぬき》の子はせなかからまた一枚の譜をとり出しました。

ゴーシュは手にとってわらい出しました。

「ふう、変な曲だなあ。よし、さあ弾くぞ。

おまえは小太鼓を叩くのか。」

童話「セロ弾きのゴーシュ」

KENJI
10

蕈《きのこ》のかたちのちひさな林

そら、ね、ごらん
むかふに霧《きり》にぬれてゐる
蕈《きのこ》のかたちのちひさな林があるだらう
あすこのとこへ
わたしのかんがへが
ずゐぶんはやく流れて行つて
みんな
溶け込んでゐるのだよ
　こゝいらはふきの花でいつぱいだ

詩「林と思想」

リービッヒ管

ソックスレット
光る加里《カリ》球
並んでかゝるリービッヒ管
みんなはどこへ行ったのだらう
暖炉が燃えて　黄いろな時計はつまづきながらうごいてゐる
塩酸比重一・一九（ヴセリンを持って来てください）
タンニン定量用
Conc.
　アルコール
（今日はそのエーテルを全部回収
してしまってください）
このレッテルはわたくしの字だ
十年前のごくおぼつかないわたくしの字だ

詩［ソックスレット］

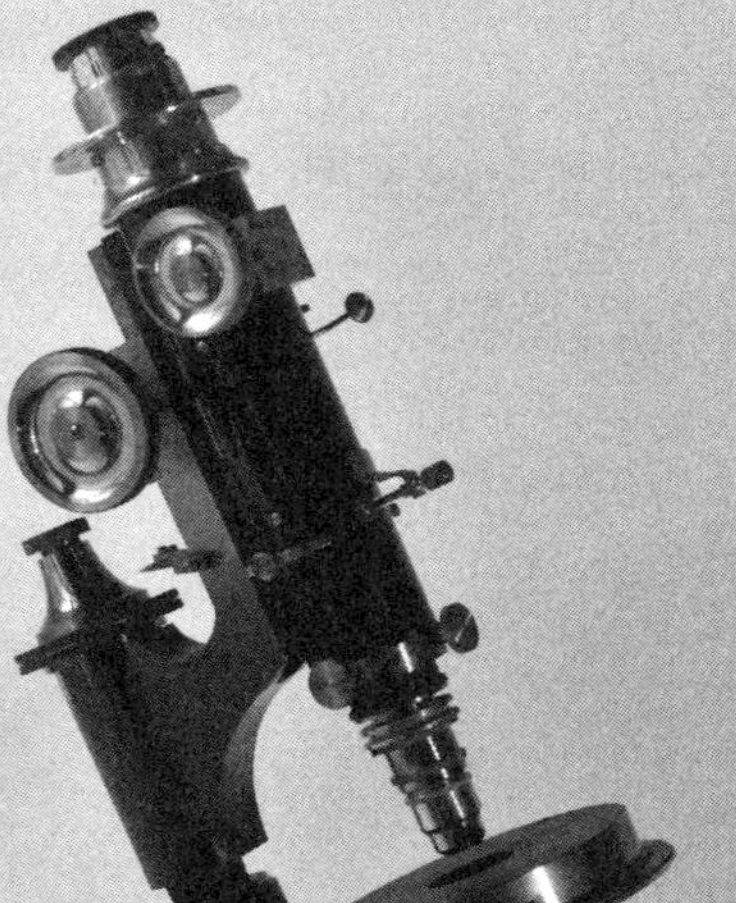

KENJI
11

メモ・フローラ

けだし音楽を図形に直すことは自由であるし、
おれはそこへ花で
Beethoven の Fantasy を描くこともできる。

「花壇工作」

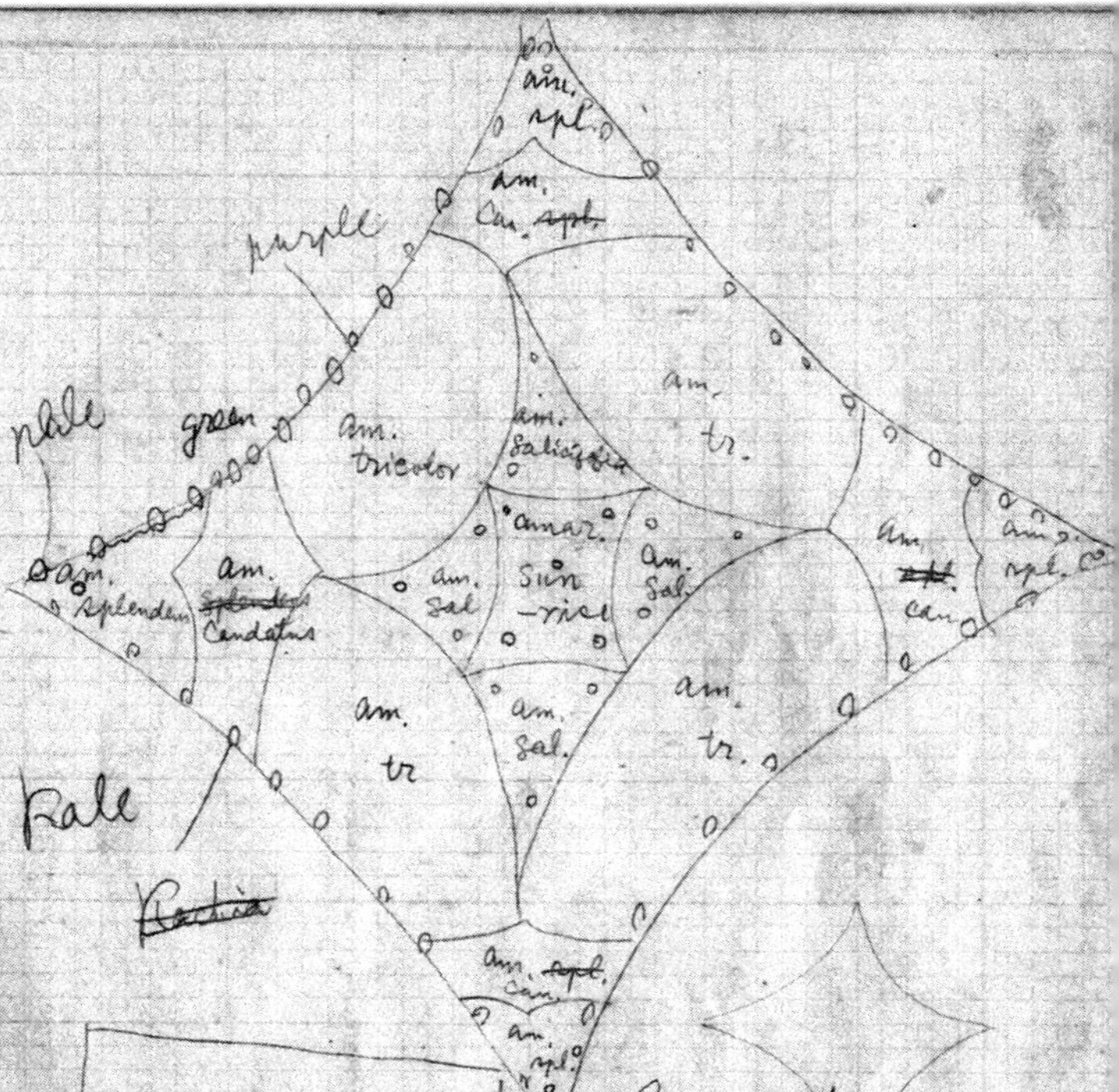
am. spl.
am. Can.
purple
pale
green
am. tricolor
am. Salicifolia
am. tr.
amar.
am. Sal.
Sun-rise
am. splendens
Caudatus
am. tr
am. Sal.
Kale
am. Can.
am. spl.
am.
amar. tricolor

KENJI 12

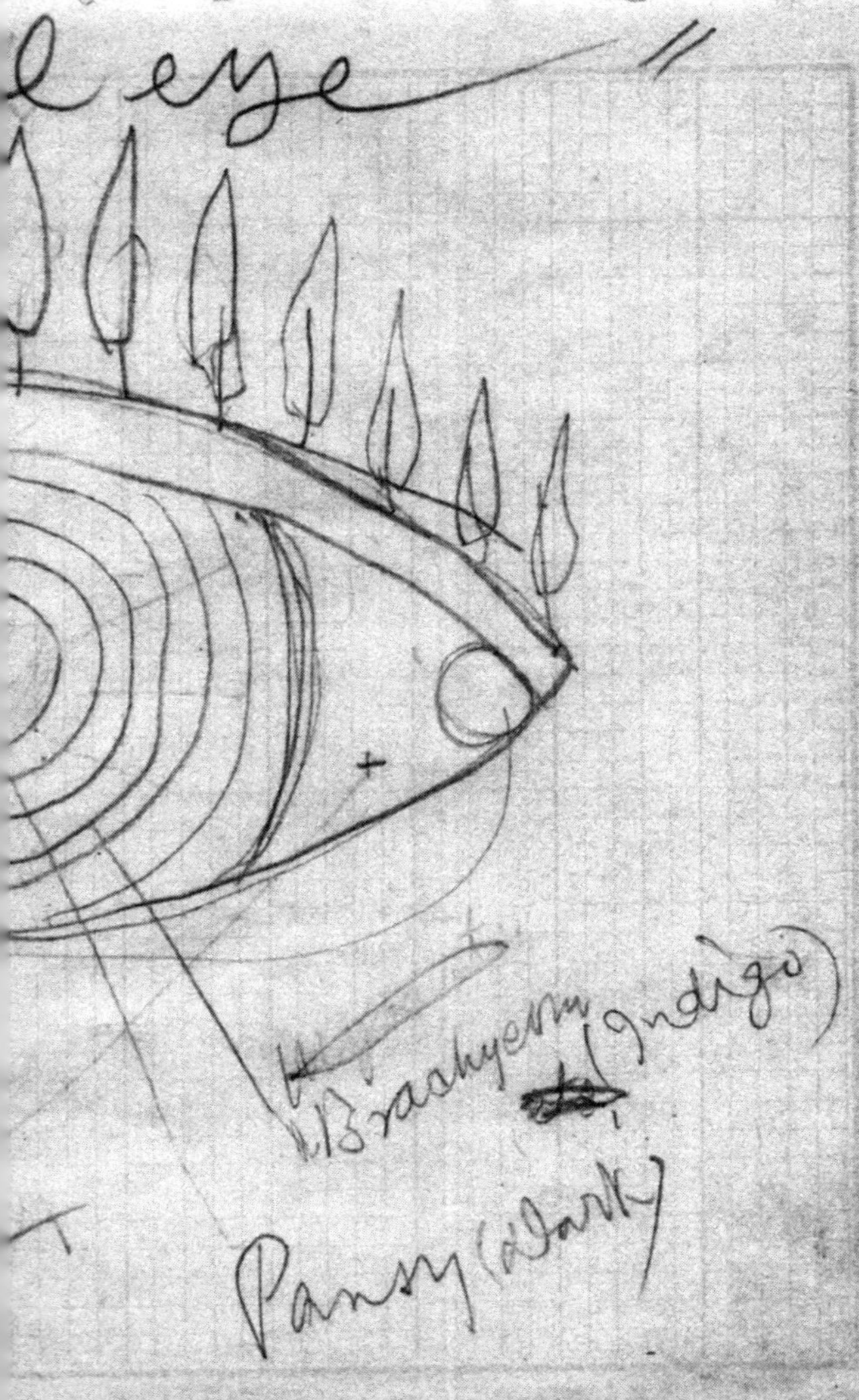

l eye
Brachycome (Indigo)
Pansy (dark)

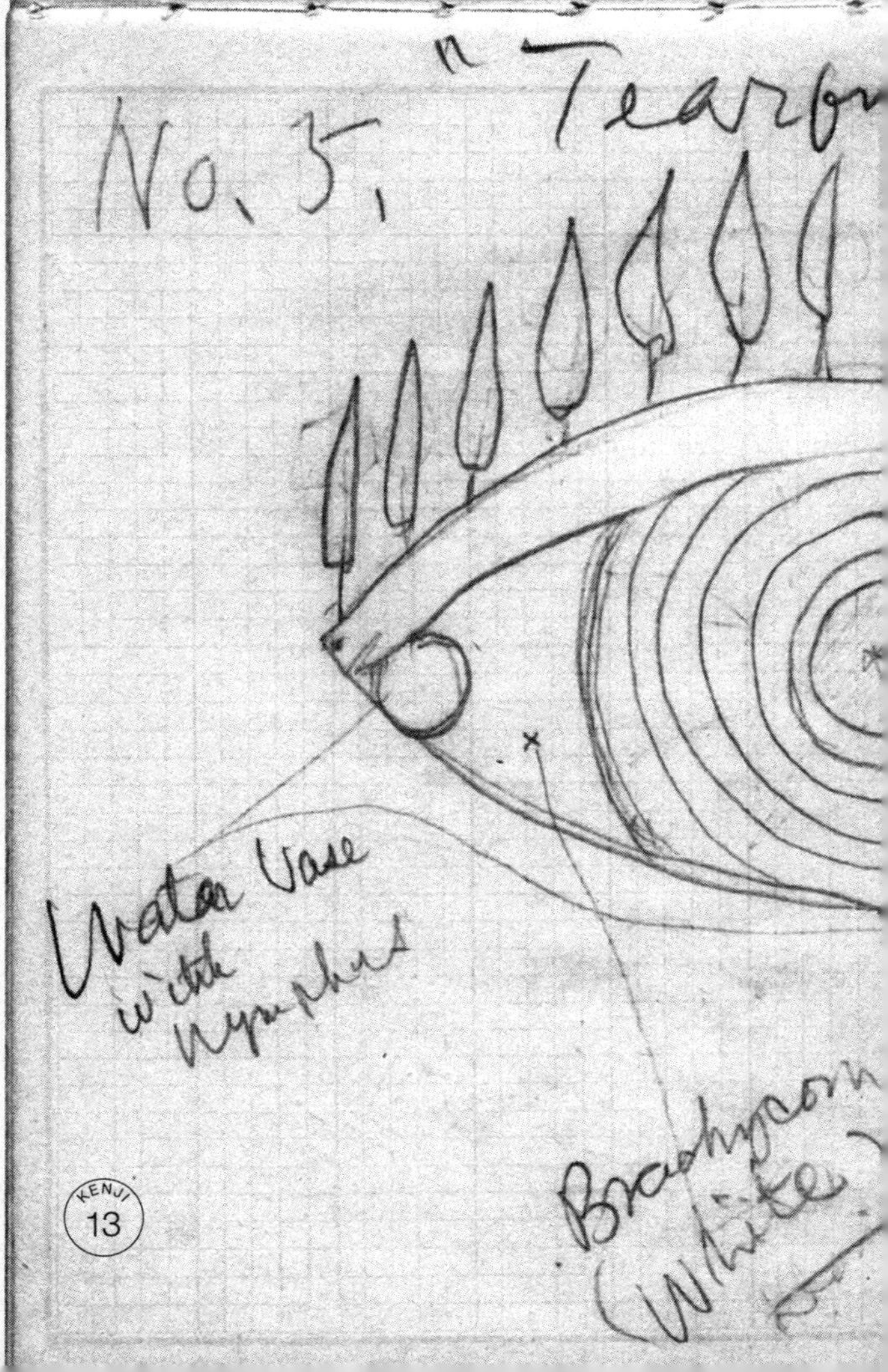
No. 3. "Tear
Water Vase
with
Nymphs

農民劇団

わたくしも
いつまでも中ぶらりんの教師など
生温いことをしているわけに行きませんから
多分は来春はやめて
もう本統《ほんとう》の百姓になります。
そして小さな農民劇団を
利害なしに創ったりしたいと思うのです。

「手紙」一九二五年

音楽

レコードほしかったら送ります。
左のうちです。遠慮なく云《い》ってくれませんか。
ベートンベン、第五、第六、第九、第一ピアノ司伴楽、
ストラウス死と浄化。

「手紙」一九三〇年

KENJI
14

ペンネンネンネンネン・ネネム

ペンネンネンネンネン・ネネムも
大機嫌《だいきげん》でそれから町を巡視しはじめました。
ばけもの世界のハンムンムンムンムン・ムムネ市の
盛んなことは、今日とて少しも変りません。
億百万のばけものどもは、通り過ぎ通りかかり、
行きあい行き過ぎ、発生し消滅し、
聯合《れんごう》し融合し、再現し進行し、
それはそれは、実にどうも見事なもんです。
ネネムもいまさらながら、つくづくと感服いたしました。

童話「ペンネンネンネンネン・ネネムの伝記」

クォーツさん

「うむ、うむ、
そのクォーツさんもお気の毒ですが
クウショウ中の瓦斯《ガス》が病因です。うむ。」
「あいた、いた、いた、いた。た。」
「ずいぶんひどい医者だ。漢方の藪医《やぶい》だな。
とうとうみんな風化《ふうか》かな。」
大学士は又《また》新しく
たばこをくわえてにやにやする。
耳の下では鉱物どもが
声をそろえて叫《さけ》んでいた。

童話「楢ノ木大学士の野宿」

羅《ら》須《す》地《ち》人《じん》協会

就《つい》て、定期の集りを、十二月一日の午後一時から四時まで、
協会で開きます。日も短しどなたもまだ忙がしいのですから、
お出でならば必ず一時までにねがいます。
弁当をもってきて、こっちでたべるもいいでしょう。
その節次のことをやります。予《あらかじ》めご準備ください。

冬間製作品分担の協議
製作品、種苗等交換売買の予約
新入会員に就ての協議
持寄競売……本、絵葉書、楽器、レコード、農具、不要のもの
何でも出してください。安かったら引っ込ませるだけでしょう、……

「羅須地人協会の集会案内」

一、今年は作も悪く、お互ひ思ふやうに仕事も進みませんでしたが、いづれ、明暗は交替し、新らしい、いゝ歳も来ませうから、農業全体に巨きな希望を載せて、次の仕度にかかりませう。

二、就て、定期の集りを、十二月一日の午后一時から四時まで、協会で開きます。日も短しどなたもまだ忙かしいのですから、お出でならば必ず一時までにねがひます。辨当をもってきて、こっちでたべるもいいでせう。

三、その節次のことをやります。豫めご準備ください。

冬間製作品分擔の協議

製作品、種苗等交換売買の豫約

新入会員に就ての協議

持寄競賣　本、絵葉書、楽器、レコード、農具　不要のもの何でも出してください。安かったら引っ込ませるだけでせう。

四、今年は設備が何もなくて、学校らしいことはできません。けれども希望の方もありますので、まづ次のことをやってみます。

十一月廿九日午前九時から

われわれはどんな方法でわれわれに必要な科学をわれわれのものにできるか　一時間

われわれに必須な化学の骨組み　二時間

働いてゐる人ならば、誰でも教へてよこしてください。

五、それではご健闘を祈ります。

宮沢賢治

羅須地人協会教室
KENJI
16

KENJI
17

下ノ畑ニ居リマス
賢治

詩とセロと本

夜は少しくセロを弾き
でたらめな詩を書き
本を読んでいれば文句はない

「手紙」一九三一年

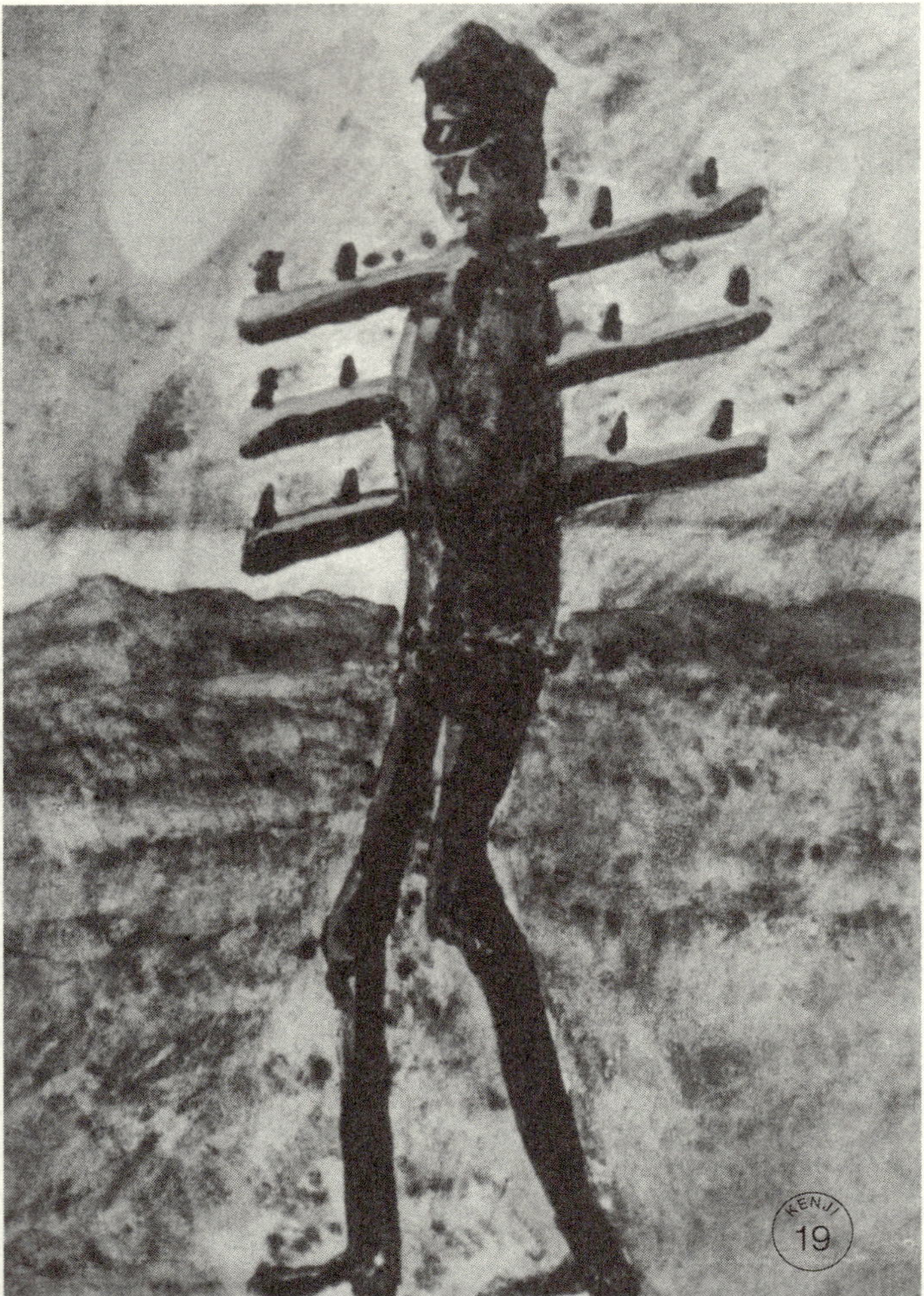
KENJI
19

月夜のでんしんばしら

「ドッテテドッテテ、ドッテテド、
でんしんばしらのぐんたいは
はやさせかいにたぐいなし
ドッテテドッテテ、ドッテテド
でんしんばしらのぐんたいは
きりつせかいにならびなし。」
一本のでんしんばしらが、ことに肩《かた》をそびやかして、
まるでうで木《ぎ》もがりがり鳴るくらいにして通りました。

童話「月夜のでんしんばしら」

うつれ

ではさようなら
……雲からも風からも
透明な力が
そのこどもに
うつれ……

詩「あすこの田はねえ」

ビジテリアン

「な、な、な何が故《ゆえ》に、何が故に、
君たちはど、ど、動物を食わないと云《い》いながら、
ひ、ひ、ひ、羊、羊の毛のシャッポをかぶるか。」
その人は興奮の為にガタガタふるえて
それからやけに水をのみました。
さあ大へんです。
テントの中は割《さ》けるばかりの笑い声です。

童話「ビジテリアン大祭」

わたくしのシャツ

わが岩手県へ帰って来た
こゝではいつも
電燈がみな黄いろなダリヤの花に咲き
雀は泳ぐやうにしてその灯のしたにひるがへるし
麦もざくざく黄いろにみのり
雲がしづかな虹彩をつくって
山脈の上にわたってゐる
これがわたくしのシャツであり
これらがわたくしのたべものである

詩〔澱った光の澱の底〕

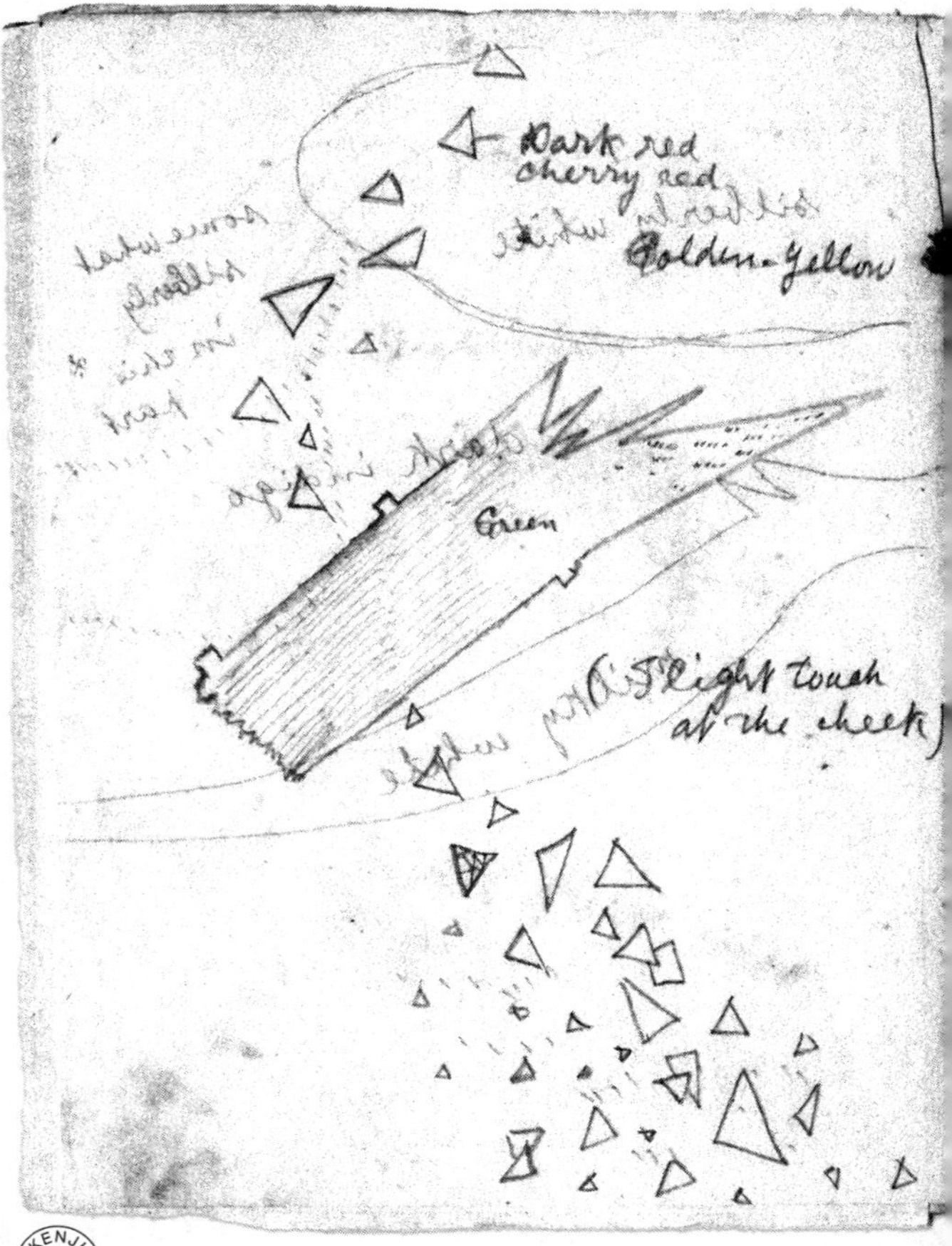
Dark red
cherry red
Golden-yellow
Green
(light touch
at the cheek)

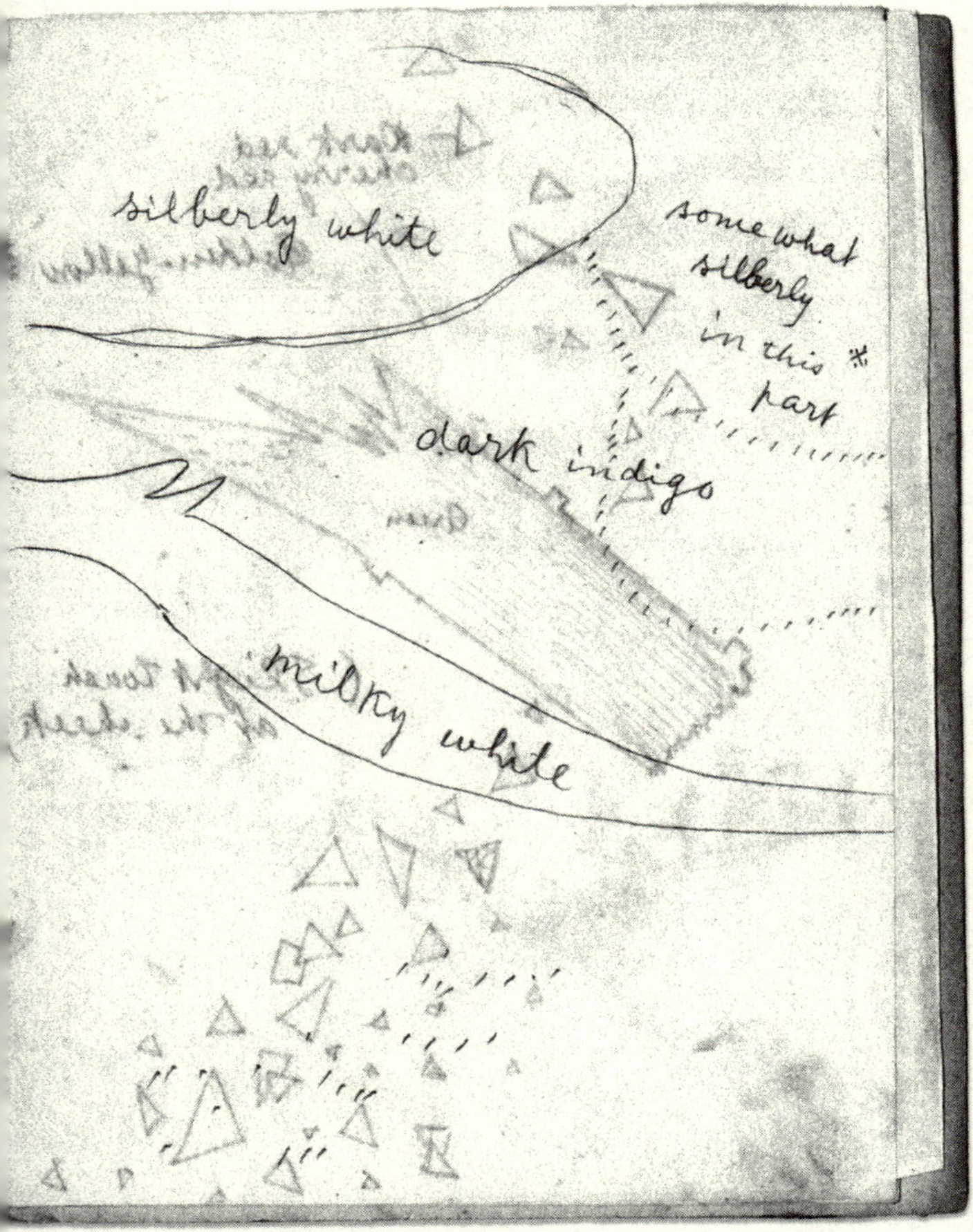

silberly white
somewhat silberly in this part *
dark indigo
milky white

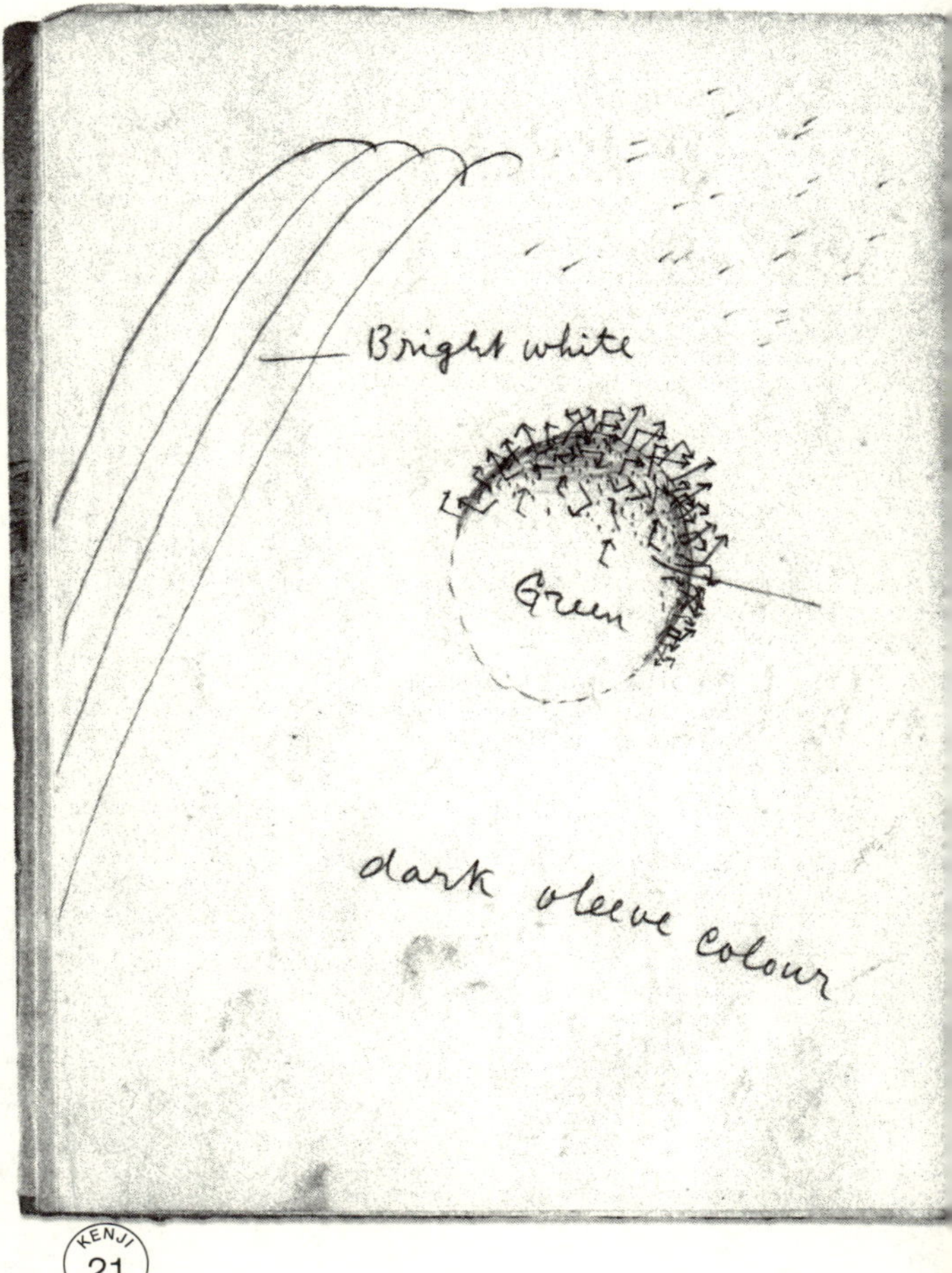
Bright white
Green
dark oleeve colour

ジロフォン

その林のまん中に高い高い三角標が立って、
森の中からはオーケストラベルや
ジロフォンにまじって
何とも云《い》えずきれいな音《ね》いろが、
とけるように浸《し》みるように
風につれて流れて来るのでした。
青年はぞくっとして
からだをふるうようにしました。

童話「銀河鉄道の夜」

やまなし

そのとき、トブン。
黒い円い大きなものが、天井から落ちて
ずうっとしずんで又《また》上へのぼって行きました、
キラキラッと黄金《きん》のぶちがひかりました。
『かわせみだ』子供らの蟹《かに》は頸《くび》をすくめて云《い》いました。
お父さんの蟹は、遠めがねのような両方の眼を
あらん限り延ばして、よくよく見てから云いました。
『そうじゃない、あれはやまなしだ、流れて行くぞ、
ついて行って見よう、ああいい匂《にお》いだな』

童話「やまなし」

税務署長

署長は俄《にわ》かにこわい顔をしました。
「いいや、北の輝《てる》じゃない。断じてそうでない。
そのいい酒がどこから出来ているかどの県から入ってるか
それをよくしらべに君をたのんだのだ。
けれどもそしてそれからあと七日
君はいったい何をして居たのだ。」
「それからあとは毎日林の中や谷をあるいて
山地密造酒を探して居りました。」
「あったか。」
「ありませんでした。」

童話「税務署長の冒険」

KENJI
22

9

春と修羅

(mental sketch modified)

心象のはいいろはがねから
あけびのつるはくもにからまり
のばらのやぶや腐植の湿地
いちめんのいちめんの諂曲《てんごく》模様
(正午の管楽《くわんがく》よりもしげく
琥珀のかけらがそそぐとき)
いかりのにがさまた青さ
四月の氣層のひかりの底を
唾《つばき》し はぎしりゆきゝきゝする

あれはひとりの修羅なのだ
（風景はなみだにゆすれ）
砕ける雲の眼路《めぢ》をかぎり
れいらうの天の海には
聖《せい》玻璃《はな》の風が行き交ひ
Zypressen 春のいちれつ
くろぐろと光素《エーテル》を吸ひ
その暗い脚並からは
天山の雪の稜さへひかるのに
（かげらふの波と白い偏光）
まことのことばはうしなはれ
雲はちぎれてそらをとぶ

まだ剖《わか》れない巨《おお》きな愛の感情です。
すすきの花の向い火や、
きらめく赤褐《せっかつ》の樹立《こだち》のなかに、
鹿《しか》が無心《むしん》に遊んでいます。
ひとは自分と鹿との区別を忘れ、
いっしょに踊《おど》ろうとさえします。

童話「鹿踊りのはじまり」について
『注文の多い料理店』広告ちらしより

鹿踊《ししおど》りのはじまり

そのとき西のぎらぎらのちぢれた雲のあいだから、夕陽《ゆうひ》は赤くななめに苔《こけ》の野原に注ぎ、すすきはみんな白い火のようにゆれて光りました。わたくしが疲《つか》れてそこに睡《ねむ》りますと、ざあざあ吹《ふ》いていた風が、だんだん人のことばにきこえ、やがてそれは、いま北上《きたかみ》の山の方や、野原に行われていた鹿踊《ししおど》りの、ほんとうの精神を語りました。

そこらがまだまるっきり、丈高《たけたか》い草や黒い林のままだったとき、嘉十《かじゅう》はおじいさんたちと北上川の東から移ってきて、小さな畑を開いて、粟《あわ》や稗《ひえ》をつくっていました。

あるとき嘉十は、栗《くり》の木から落ちて、少し左の膝《ひざ》を悪くしました。そんなときみんなはいつでも、西の山の中の湯の湧《わ》くとこへ行って、小屋をかけて泊《とま》って療《なお》すのでした。

天気のいい日に、嘉十も出かけて行きました。糧《かて》と味噌《みそ》と鍋《なべ》とをしょって、もう銀いろの穂《ほ》を出したすすきの野原をすこしびっこをひきながら、ゆっくりゆっくり歩いて行ったのです。

いくつもの小流れや石原を越《こ》えて、山脈のかたちも大きくはっきりなり、山の木も一本一本、すぎごけのように見わけられるところまで来たときは、太陽はもうよほど西に外《そ》れて、十本ばかりの青いはんのきの木立《こだち》の上に、少し青ざめてぎらぎら光ってかかりました。

嘉十は芝草《しばくさ》の上に、せなかの荷物をどっかりおろして、栃《とち》と粟とのだんごを出して喰《た》べはじめました。すすきは幾《いく》むらも幾むらも、はては野原いっぱいのように、まっ白に光って波をたてました。嘉十はだんごをたべながら、すすきの中から黒くまっすぐに立っている、はんのきの幹をじつにりっぱだとおもいました。

ところがあんまり一生けん命あるいたあとは、どうもなんだかお腹《なか》がいっぱいのような気がするのです。そこで嘉十も、おしまいに栃の団子をとちの実のくらい残しました。

「こいづば鹿《しか》さ呉《け》でやべか。それ、鹿、来て喰《け》」と嘉十はひとりごとのように言って、それをうめばちそうの白い花の下に置きました。それから荷物をまたしょって、ゆっくりゆっくり歩きだしました。

ところが少し行ったとき、嘉十はさっきのやすんだところに、手拭《てぬぐい》を忘れて来たのに気がつきましたので、急いでまた引っ返しました。あのはんのきの黒い木立がじき近くに見えていて、そこまで戻《もど》るぐらい、なんの事でもないようでした。

けれども嘉十はぴたりとたちどまってしまいました。

それはたしかに鹿のけはいがしたのです。

鹿が少くても五六疋《ぴき》、湿《しめ》っぽいはなづらをずうっと延ばして、しずかに歩いているらしいのでした。

嘉十はすすきに触《ふ》れないように気を付けながら、爪立《つまだ》てをして、そっと苔を踏《ふ》んでそっちの方へ行きました。

たしかに鹿はさっきの栃の団子にやってきたのでした。

「はあ、鹿等《だ》あ、すぐに来たもな。」と嘉十は咽喉《のど》の中で、笑いながらつぶやきました。そしてからだをかがめて、そろりそろりと、そっちに近よって行《ゆ》きました。

一むらのすすきの陰《かげ》から、嘉十はちょっと顔をだして、びっくりしてまたひっ込めました。六疋ばかりの鹿が、さっきの芝原《しばはら》を、ぐるぐるぐるぐる環《わ》になって廻《まわ》っているのでした。嘉十はすすきの隙間《すきま》から、息をこらしてのぞきました。

太陽が、ちょうど一本のはんのきの頂《いただき》にかかっていましたので、その梢《こずえ》はあやしく青くひかり、まるで鹿の群を見おろしてじっと立っている青いいきもののようにおもわれました。すすきの穂も、一本ずつ銀いろにかがやき、鹿の毛並《けなみ》がことにその日はりっぱでした。

嘉十はよろこんで、そっと片膝《かたひざ》をついてそれに見とれました。

鹿は大きな環をつくって、ぐるくるぐるくる廻っていましたが、よく見るとどの鹿も環のまんなかの方に気がとられているようでした。その証拠《しょうこ》には、頭も耳も眼《め》もみんなそっちへ向いて、おまけにたびたび、いかにも引っぱられるように、よろよろと二足三足《ふたあしみあし》、環からはなれてそっちへ寄って行《ゆ》きそうにするのでした。

もちろん、その環のまんなかには、さっきの嘉十の栃の団子がひとかけ置いてあったのでしたが、鹿どものしきりに気にかけているのは決して団子ではなくて、そのとなりの草の上にくの字になって落ちている、嘉十の白い手拭らしいのでした。嘉十は痛い足をそっと手で曲げて、苔の上にきちんと座りました。

鹿のめぐりはだんだんゆるやかになり、みんなは交《かわ》る交《がわ》る、前肢《まえあし》を一本環《わ》の中の方へ出して、今にもかけ出して行きそうにしては、びっくりしたようにまた引っ込めて、とっとっとっとっしずかに走るのでした。その足音は気もちよく野原の黒土の底の方までひびきました。それから鹿どもはまわるのをやめてみんな手拭のこちらの方に来て立ちました。

嘉十はにわかに耳がきいんと鳴りました。そしてがたがたふるえました。鹿どもの風にゆれる草穂《くさぼ》のような気もちが、波になって伝わって来たのでした。

嘉十はほんとうにじぶんの耳を疑いました。それは鹿のことばがきこえてきたからです。

「じゃ、おれ行って見で来《こ》べが。」

「うんにゃ、危ないじゃ。も少し見でべ。」

こんなことばもきこえました。

「何時《いつ》だがの狐《きつね》みだいに口発破《くちはっぱ》などさ罹《かか》ってあ、つまらないもな、高《たか》で栃の団子などでよ。」

「そだそだ、全《まった》ぐだ。」

こんなことばも聞きました。

「生《い》ぎものだがも知れないじゃい。」

「うん。生ぎものらしどごもあるな。」

こんなことばも聞こえました。そのうちにとうとう一疋が、いかにも決心したらしく、せなかをまっすぐにして環からはなれて、まんなかの方に進み出ました。

みんなは停《とま》ってそれを見ています。

進んで行った鹿は、首をあらんかぎり延ばし、四本《しほん》の脚《あし》を引きしめ引きしめそろりそろりと手拭に近づいて行きましたが、俄《にわ》かにひどく飛びあがって、一目散《いちもくさん》に遁《に》げ戻ってきました。廻りの五疋も一ぺんにぱっと四方へちらけようとしましたが、はじめの鹿が、ぴたりととまりましたのでやっと安心して、のそのそ戻ってその鹿の前に集まりました。

「なじょだた。なにだた、あの白い長いやづあ。」

「縦《たて》に皺《しわ》の寄ったもんだけあな。」

「そだら生ぎものだないがべ、やっぱり蕈《きのこ》などだべが。毒蕈《ぶすきのこ》だべ。」

「うんにゃ。きのごだない。やっぱり生ぎものらし。」

「そうが。生ぎもので皺うんと寄ってらば、年老《としよ》りだな。」

「うん年老りの番兵だ。ううはははは。」

「ふふふ青白の番兵だ。」

「ううははは、青じろ番兵だ。」

「こんどおれ行って見べが。」

「行ってみろ、大丈夫《だいじょうぶ》だ。」

「喰《く》っつがないが。」

「うんにゃ、大丈夫だ。」

そこでまた一疋が、そろりそろりと進んで行きました。五疋はこちらで、ことりことりとあたまを振《ふ》ってそれを見ていました。

進んで行った一疋は、たびたびもうこわくて、たまらないというように、四本の脚を集めてせなかを円《まる》くしたりそっとまたのばしたりして、そろりそろりと進みました。

そしてとうとう手拭のひと足こっちまで行って、あらんかぎり首を延ばしてふんふん嗅《か》いでいましたが、俄かにはねあがって遁げてきました。みんなもびくっとして一ぺんに遁げだそうとしましたが、その一ぴきがぴたりと停《と》まりましたのでやっと安心して五つの頭をその一つの頭に集めました。

「なじょだた、なして逃げで来た。」

「噛《か》じるべとしたようだたもさ。」

「ぜんたいなにだけあ。」

「わがらないな。とにかぐ白どそれがら青ど、両方のぶぢだ。」

「匂《におい》あなじょだ、匂あ。」

「柳《やなぎ》の葉みだいな匂だな。」

「はでな、息吐《いぎつい》でるが、息《いぎ》。」

「さあ、そでば、気付けないがた。」

「こんどあ、おれあ行って見べが。」

「行ってみろ」

三番目の鹿がまたそろりそろりと進みました。そのときちょっと風が吹いて手拭がちらっと動きましたので、その進んで行った鹿はびっくりして立ちどまってしまい、こっちのみんなもびくっとしました。けれども鹿はやっとまた気を落ちつけたらしく、またそろりそろりと進んで、とうとう手拭まで鼻さきを延ばした。

こっちでは五疋がみんなことりことりとお互《たが》いにうなずき合《あ》って居《お》りました。

そのとき俄かに進んで行った鹿が竿立《さおだ》ちになって躍《おど》りあがって遁げてきました。

「何《な》して遁げできた。」

「気味悪《きびわり》ぐなてよ。」

「息吐《いぎつい》でるが。」

「さあ、息《いぎ》の音《おど》あ為《さ》ないがけあな。口《くち》も無いようだけあな。」

「あだまあるが。」

「あだまもゆぐわがらないがったな。」

「そだらこんだおれ行って見べが。」

四《よ》番目の鹿が出て行きました。これもやっぱりびくびくものです。それでもすっかり手拭の前まで行って、いかにも思い切ったらしく、ちょっと鼻を手拭に押《お》しつけて、それから急いで引っ込めて、一目さんに帰ってきました。

「おう、柔《や》っけもんだぞ。」

「泥《どろ》のようにが。」

「うんにゃ。」

「草のようにが。」

「うんにゃ。」

「ごまざいの毛のようにが。」

「うん、あれよりあ、も少し硬《こわ》ぱしな。」

「なにだべ。」

「とにかぐ生ぎもんだ。」

「やっぱりそうだが。」

「うん、汗臭《あせくさ》いも。」

「おれも一遍《ひとがえり》行ってみべが。」

五番目の鹿がまたそろりそろりと進んで行きました。この鹿はよほどおどけもののようでした。手拭の上にすっかり頭をさげて、それからいかにも不審《ふしん》だというように、頭をかくっと動かしましたので、こっちの五疋がはねあがって笑いました。

向こうの一疋はそこで得意になって、舌を出して手拭を一つべろりと嘗《な》めましたが、にわかに怖《こわ》くなったとみえて、大きく口をあけて舌をぶらさげて、まるで風のように飛んで帰ってきました。みんなもひどく愕《おど》ろきました。

「じゃ、じゃ、噛《か》じらえだが、痛《いた》ぐしたが。」

「プルルルルル。」

「舌抜《したぬ》がれだが。」

「プルルルルル。」

「なにした、なにした。なにした。じゃ。」

「ふう、ああ、舌縮《ちぢ》まってしまったたよ。」

「なじょな味だた。」

「味無いがたな。」

「生ぎもんだべが。」

「なじょだが判《わか》らない。こんどあ汝《うな》あ行ってみろ。」

「お。」

おしまいの一疋がまたそろそろ出て行きました。みんながおもしろそうに、ことこと頭を振って見ていますと、進んで行った一疋は、しばらく首をさげて手拭を嗅いでいましたが、もう心配もなにもないという風で、いきなりそれをくわいて戻ってきました。そこで鹿はみなぴょんぴょん跳《と》びあがりました。

「おう、うまい、うまい、そいづさい取ってしめば、あどは何《なん》っても怖《お》っかなぐない。」

「きっともて、こいづあ大きな蝸牛《なめくずら》の旱《ひ》からびだのだな。」

「さあ、いいが、おれ歌《うだ》、うだうはんてみんな廻《ま》れ。」

その鹿はみんなのなかにはいってうたいだし、みんなはぐるぐるぐるぐる手拭をまわりはじめました。

「のはらのまん中の　めっけもの
すっこんすっこの　栃だんご
栃のだんごは　結構《けっこう》だが
となりにいからだ　ふんながす

青じろ番兵《ばんぺ》は　気にかがる。
　青じろ番兵は　ふんにゃふにゃ
吠《ほ》えるもさないば　泣《な》ぐもさない
瘠《や》せで長くて　ぶぢぶぢで
どごが口《くち》だが　あだまだが
ひでりあがりの　なめぐじら。」
走りながら廻りながら踊《おど》りながら、鹿はたびたび風のように進んで、手拭を角《つの》でついたり足でふんだりしました。嘉十の手拭はかあいそうに泥がついてところどころ穴さえあきました。
そこで鹿のめぐりはだんだんゆるやかになりました。
「おう、こんだ団子お食《く》ばがりだじょ。」
「おう、煮《に》だ団子だじょ。」
「おう、まん円《まる》けじょ。」
「おう、はんぐはぐ。」

「おう、すっこんすっこ。」

「おう、けっこ。」

鹿はそれからみんなばらばらになって、四方から栃のだんごを囲んで集まりました。

そしていちばんはじめに手拭に進んだ鹿から、一口ずつ団子をたべました。六疋めの鹿は、やっと豆粒《まめつぶ》のくらいをたべただけです。

鹿はそれからまた環になって、ぐるぐるぐるぐるめぐりあるきました。

嘉十はもうあんまりよく鹿を見ましたので、じぶんまでが鹿のような気がして、いまにもとび出《だ》そうとしましたが、じぶんの大きな手がすぐ眼にはいりましたので、やっぱりだめだとおもいながらまた息をこらしました。

太陽はこのとき、ちょうどはんのきの梢の中ほどにかかって、少し黄いろにかがやいて居りました。鹿のめぐりはまただんだんゆるやかになって、たがいにせわしくうなずき合い、やがて一列に太陽に向いて、それを拝むようにしてまっすぐに立ったのでした。嘉十はもうほんとうに夢《ゆめ》のようにそれに見とれていたのです。
一ばん右はじにたった鹿が細い声でうたいました。
「はんの木《ぎ》の
みどりみじんの葉の向《もご》さ
じゃらんじゃららんの
お日さん懸《か》がる。」
その水晶《すいしょう》の笛《ふえ》のような声に、嘉十は目をつぶってふるえあがりました。右から二ばん目の鹿が、俄かにとびあがって、それからからだを波のようにうねらせながら、みんなの間を縫《ぬ》ってはせまわり、たびたび太陽の方にあたまをさげました。それからじぶんのところに戻るやぴたりととまってうたいました。
「お日さんを
せながさしょえば、はんの木《ぎ》も
くだげで光る
鉄のかんがみ。」

はあと嘉十もこっちでその立派な太陽とはんのきを拝みました。右から三ばん目の鹿は首をせわしくあげたり下げたりしてうたいました。

「お日さんは
はんの木《ぎ》の向《もご》さ、降りでても
すすぎ、ぎんがぎが
まぶしまんぶし。」

ほんとうにすすきはみんな、まっ白な火のように燃えたのです。

「ぎんがぎがの
すすぎの中《なが》さ立ぢあがる
はんの木《ぎ》のすねの
長《な》んがい、かげぼうし。」

五番目の鹿がひくく首を垂れて、もうつぶやくようにうたいだしていました。

「ぎんがぎがの
すすぎの底《そご》の日暮《ひぐ》れかだ

苔《こけ》の野はらを
蟻《あり》こも行《い》がず。」

このとき鹿はみな首を垂れていましたが、六番目がにわかに首をりんとあげてうたいました。

「ぎんがぎがの
すすぎの底《そこ》でそっこりと
咲《さ》ぐうめばぢの
愛《え》どしおえどし。」

鹿はそれからみんな、みじかく笛のように鳴いてはねあがり、はげしくはげしくまわりました。

北から冷たい風が来て、ひゅうと鳴り、はんの木はほんとうに砕《くだ》けた鉄の鏡のようにかがやき、かちんかちんと葉と葉がすれあって音をたてたようにさえおもわれ、すすきの穂までが鹿にまじって一しょにぐるぐるめぐっているように見えました。

嘉十はもうまったくじぶんと鹿とのちがいを忘れて、

「ホウ、やれ、やれい。」と叫《さけ》びながらすすきのかげから飛び出しました。

鹿はおどろいて一度に竿《さお》のように立ちあがり、それからはやてに吹かれた木の葉のように、からだを斜《なな》めにして逃《に》げ出しました。銀のすすきの波をわけ、かがやく夕陽の流れをみだしてはるかにはるかに遁《に》げて行き、そのとおったあとのすすきは静かな湖の水脈《みお》のようにいつまでもぎらぎら光って居りました。

そこで嘉十はちょっとにが笑いをしながら、泥のついて穴のあいた手拭をひろってじぶんもまた西の方へ歩きはじめたのです。

それから、そうそう、苔の野原の夕陽の中で、わたくしはこのはなしをすきとおった秋の風から聞いたのです。

『注文の多い料理店』一九二四年

KENJI 24

気のいい火山弾

ある死火山のすそ野のかしわの木のかげに、「ベゴ」というあだ名の大きな黒い石が永いことじぃっと座っていました。

「ベゴ」と云《い》う名は、その辺の草の中にあちこち散らばった、稜《かど》のあるあまり大きくない黒い石どもが、つけたのでした。ほかに、立派な、本とうの名前もあったのでしたが、「ベゴ」石もそれを知りませんでした。

ベゴ石は、稜がなくて、丁度《ちょうど》卵の両はじを、少しひらたくのばしたような形でした。そして、ななめに二本の石の帯のようなものが、からだを巻いてありました。非常に、たちがよくて、一ぺんも怒《おこ》ったことがないのでした。

それですから、深い霧《きり》がこめて、空も山も向こうの野原もなんにも見えず退《たい》くつな日は、稜のある石どもは、みんな、ベゴ石をからかって遊びました。

「ベゴさん。今日《こんち》は。おなかの痛いのは、なおったかい。」

「ありがとう。僕《ぼく》は、おなかが痛くなかったよ。」とベゴ石は、霧の中でしずかに云いました。

「アァハハハハ。アァハハハハ。」稜のある石は、みんな一度に笑いました。

「ベゴさん。こんちは。ゆうべは、ふくろうがお前さんに、とうがらしを持って来てやったかい。」

「いいや。ふくろうは、昨夜《ゆうべ》、こっちへ来なかったようだよ。」

「アァハハハハ。アァハハハハハ。」稜のある石は、もう大笑いです。

「ベゴさん。今日《こんち》は。昨日《きのう》の夕方、霧の中で、野馬《のうま》がお前さんに小便をかけたろう。気の毒だったね。」

「ありがとう。おかげで、そんな目には、あわなかったよ。」

「アァハハハハ。アァハハハハハ。」みんな大笑いです。

「ベゴさん。今日は。今度新らしい法律が出てね、まるいものや、まるいようなものは、みんな卵のように、パチンと割ってしまうそうだよ。お前さんも早く逃《に》げたらどうだい。」

「ありがとう。僕は、まんまる大将のお日さんと一しょに、パチンと割られるよ。」

「アァハハハ、アァハハハハハ。どうも馬鹿《ばか》で手がつけられない。」

丁度その時、霧が晴れて、お日様の光がきん色に射《さ》し、青ぞらがいっぱいにあらわれましたので、稜のある石どもは、みんな雨のお酒のことや、雪の団子のことを考えはじめました。そこでベゴ石も、しずかに、まんまる大将の、お日さまと青ぞらとを見あげました。

その次の日、又《また》、霧がかかりましたので、稜石どもは、又ベゴ石をからかいはじめました。実は、ただからかったつもりだっただけです。

「ベゴさん。おれたちは、みんな、稜がしっかりしているのに、お前さんばかり、なぜそんなにくるくるしてるだろうね。一緒《いっしょ》に噴火《ふんか》のとき、落ちて来たのにね。」

「僕は、生れてまだまっかに燃えて空をのぼるとき、くるくるくるくる、からだがまわったからね。」

「ははあ、僕たちは、空へのぼるときも、のぼる位のぼって、一寸《ちょっと》とまった時も、それから落ちて来るときも、いつも、じっとしていたのに、お前さんだけは、なぜそんなに、くるくるまわったろうね。」

その癖《くせ》、こいつらは、噴火で砕《くだ》けて、まっくろな煙《けむり》と一緒に、空へのぼった時は、みんな気絶していたのです。

「さあ、僕は一向《いっこう》まわろうとも思わなかったが、ひとりでからだがまわって仕方なかったよ。」

「ははあ、何かこわいことがあると、ひとりでからだがふるえるからね。お前さんも、ことによったら、臆病《おくびょう》のためかも知れないよ。」

「そうだ。臆病のためだったかも知れないね。じっさい、あの時の、音や光は大へんだったからね。」

「そうだろう。やっぱり、臆病のためだろう。ハッハハハッハ、ハハハハハ。」

稜《かど》のある石は、一しょに大声でわらいました。その時、霧がはれましたので、角《かど》のある石は、空を向いて、てんでに勝手なことを考えはじめました。

ベゴ石も、だまって、柏《かしわ》の葉のひらめきをながめました。

それから何べんも、雪がふったり、草が生《は》えたりしました。かしわは、何べんも古い葉を落として、新らしい葉をつけました。

ある日、かしわが云いました。

「ベゴさん。僕とあなたが、お隣《とな》りになってから、もうずいぶん久しいもんですね。」

「ええ。そうです。あなたは、ずいぶん大きくなりましたね。」

「いいえ。しかし僕なんか、前はまるで小さくて、あなたのことを、黒い途方《とほう》もない山だと思っていたんです。」

「はあ、そうでしょうね。今はあなたは、もう僕の五倍もせいが高いでしょう。」

「そう云えばまあそうですね。」

かしわは、すっかり、うぬぼれて、枝をピクピクさせました。

はじめは仲間の石どもだけでしたがあんまりベゴ石が気がいいのでだんだんみんな馬鹿にし出しました。おみなえしが、斯《こ》う云いました。

「ベゴさん。僕は、とうとう、黄金《きん》のかんむりをかぶりましたよ。」

「おめでとう。おみなえしさん。」

「あなたは、いつ、かぶるのですか。」

「さあ、まあ私はかぶりませんね。」

「そうですか。お気の毒ですね。しかし。いや。はてな。あなたも、もうかんむりをかぶってるではありませんか。」

おみなえしは、ベゴ石の上に、このごろ生《は》えた小さな苔《こけ》を見て、云いました。

ベゴ石は笑って、

「いやこれは苔ですよ。」

「そうですか。あんまり見ばえがしませんね。」

それから十日ばかりたちました。おみなえしはびっくりしたように叫《さけ》びました。

「ベゴさん。とうとう、あなたも、かんむりをかぶりましたよ。つまり、あなたの上の苔がみな赤ずきんをかぶりました。おめでとう。」

ベゴ石は、にが笑いをしながら、なにげなく云いました。

「ありがとう。しかしその赤頭巾《あかずきん》は、苔のかんむりでしょう。私のではありません。私の冠《かんむり》は、今に野原いちめん、銀色にやって来ます。」

このことばが、もうおみなえしのきもを、つぶしてしまいました。

「それは雪でしょう。大へんだ。大へんだ。」

ベゴ石も気がついて、おどろいておみなえしをなぐさめました。

「おみなえしさん。ごめんなさい。雪が来て、あなたはいやでしょうが、毎年のことで仕方もないのです。その代り、来年雪が消えたら、きっとすぐ又いらっしゃい。」

おみなえしは、もう、へんじをしませんでした。又その次の日のことでした。

蚊《か》が一疋《ぴき》くうんくうんとうなってやって来ました。

「どうも、この野原には、むだなものが沢山《たくさん》あっていかんな。たとえば、このべゴ石のようなものだ。べゴ石のごときは、何のやくにもたたない。むぐらのようにつちをほって、空気をしんせんにするということもしない。草っぱのように露《つゆ》をきらめかして、われわれの目の病《やまい》をなおすということもない。くうううん。くうううん。」と云いながら、又向こうへ飛んで行きました。

べゴ石の上の苔は、前からいろいろ悪口を聞いていましたが、ことに、今の蚊の悪口を聞いて、いよいよべゴ石を、馬鹿にしはじめました。そして、赤い小さな頭巾をかぶったまま、踊《おど》りはじめました。

「べゴ黒助、べゴ黒助、
黒助どんどん、
あめがふっても黒助、どんどん、
日が照っても、黒助どんどん。

べゴ黒助、べゴ黒助、
黒助どんどん、

千年たっても、黒助どんどん、
万年たっても、黒助どんどん。」
ベゴ石は笑いながら、
「うまいよ。なかなかうまいよ。しかしその歌は、僕はかまわないけれど、お前たちには、よくないことになるかも知れないよ。僕が一つ作ってやろう。これからは、そっちをおやり。ね、そら、

お空。お空。お空のちちは、
つめたい雨の　ザァザザザ、
かしわのしずくトンテントン、
まっしろきりのポッシャントン。
お空。お空。お空のひかり、
おてんとさまは、カンカンカン、
月のあかりは、ツンツンツン、
ほしのひかりの、ピッカリコ。」

「そんなものだめだ。面白《おもしろ》くもなんともないや。」

「そうか。僕は、こんなこと、まずいからね。」

ベゴ石は、しずかに口をつぐみました。

そこで、野原中《じゅう》のものは、みんな口をそろえて、ベゴ石をあざけりました。

「なんだ。あんな、ちっぽけな赤頭巾に、ベゴ石め、へこまされてるんだ。もうおいらは、あいつとは絶交だ。みっともない。黒助め。黒助、どんどん。べゴどんどん。」

その時、向こうから、眼《め》がねをかけた、せいの高い立派な四人の人たちが、いろいろなピカピカする器械をもって、野原をよこぎって来ました。その中の一人が、ふとベゴ石を見て云いました。

「あ、あった、あった。すてきだ。実にいい標本だね。火山弾の典型だ。こんなととのったのは、はじめて見たぜ。あの帯の、きちんとしてることね。もうこれだけでも今度の旅行は沢山だよ。」

「うん。実によくととのってるね。こんな立派な火山弾は、大英博物館にだってないぜ。」

みんなは器械を草の上に置いて、ベゴ石をまわってさすったりなでたりしました。

「どこの標本でも、この帯の完全なのはないよ。どうだい。空でぐるぐるやった時の工合《ぐあい》が、実によくわかるじゃないか。すてき、すてき。今日すぐ持って行こう。」

みんなは、又、向こうの方へ行きました。稜のある石は、だまってため息ばかりついていました。そして気のいい火山弾は、だまってわらって居《お》りました。

ひるすぎ、野原の向こうから、又キラキラめがねや器械が光って、さっきの四人の学者と、村の人たちと、一台の荷馬車《にばしゃ》がやって参りました。

そして、柏の木の下にとまりました。

「さあ、大切な標本だから、こわさないようにして呉《く》れ給《たま》え。よく包んで呉れ給え。苔なんかむしってしまおう。」

苔は、むしられて泣きました。火山弾はからだを、ていねいに、きれいな藁《わら》や、むしろに包まれながら、云いました。

「みなさん。ながながお世話でした。苔さん。さよなら。さっきの歌を、あとで一ぺんでも、うたって下さい。私の行くところは、ここのように明るい楽しいところではありません。けれども、私共は、みんな、自分でできることをしなければなりません。さよなら。みなさん。」

「東京帝国《ていこく》大学校地質学教室行、」と書いた大きな札がつけられました。

そして、みんなは、「よいしょ。よいしょ。」と云いながら包みを、荷馬車へのせました。

「さあ、よし、行こう。」

馬はプルルと鼻を一つ鳴らして、青い青い向こうの野原の方へ、歩き出しました。

一九二一年頃

「お空《そら》。お空《そら》。お空のちゝは、
つめたい雨の　ザアザザザ、
かしはのしづく　トンテントン、
まつしろきりの　ポッシャントン。

(1) セロ弾きのゴーシュ。

セロ弾きのゴーシュは、川ばたのこわれた水車小屋にたったひとり住んでゐました。それはゴーシュの家具です。ゴーシュはセロを引くのが電車仕事町の活動写真館でセロを引く係りでした。けれども弟のセロはあまり上手じつはあんまり上手でないといふ評判です。でした。実は上手でないどころではなく実は仲間の楽手のなかではいちばん下手でゴーシュをからいつでもなどとりふのボ楽長にからいつもいぢきりいぢめられるのでした。

ひるすぎ
みんなは

夕方、まだ空襲のはじまらない前に
學屋□□でみんなが練習、今度の
町の音楽会へ出す六重奏曲の
練習です。ヴァイオリンのやる12鳴っています。一生けん命
せ12弾きまも12をいれんと結めで眼を皿の
やる12して楽譜を見つめながらもう
一心に12を12と鳴らして弾いています。
12はか12のぱちっと楽器が両手を
鳴らしました。みんなぴたりと
曲をやめて

クラリネットとボーボーとトランペットと一生けん命吹きます。

風野又三郎

九月一日 木 小学校 始校
九月二日 金 消炭で書く、鉛筆を買ってる子
消炭を数へる みんな又三郎の鉛筆はやりてゐる
九月三日 土 又三郎 語る 草山の下を通る
風の歌、又三郎の前の学校のはなし
おとなの相談
九月四日 日 草刈を見みにゆく
九月五日 月
九月六日 火 雨 消炭はやる

No.

九月七日 水 雨、葡萄とりにいく 又三郎效害の論、

九月八日 木 情勢険悪

九月九日 金 神楽、

九月十日 土 又三郎云はず

九月十一日 日

九月十二日 月 嵐 転校

10×20

一月十日（新暦）農業ニ必須ナ化學ノ基礎
一月廿日（同上）土壌學要綱
一月卅日（同上）植物生理要綱　上部
二月十日（同上）同上　下部
二月廿日（同上）肥料學要綱　上部
二月廿八日（同上）同上　下部
三月中　エスペラント　地人藝術概論
午前十時ヨリ午后三時マデ　時間嚴守
資格ヲ問ハズ参觀モ歡迎　晝食御持参

羅須地人協会の教材用絵図

「教材用絵図」は賢治が作図した講義資料。よりよい農民のくらしを求めて、地元・花巻の青年たちを集めて設立した「羅須地人協会」で教材として使用した。四十九葉が現存。内容は植物、地質、肥料、物理、天文など多岐にわたる。

◉本節の収録図版

「発芽」
「小麦種実断面」
「強固性・木繊維」
「原子、分子と岩手県」
「岩石の風化」
「雪の結晶と分子、原子」
「土色図」
「日出・日入時刻と日照時間」
「太陽の黒点」

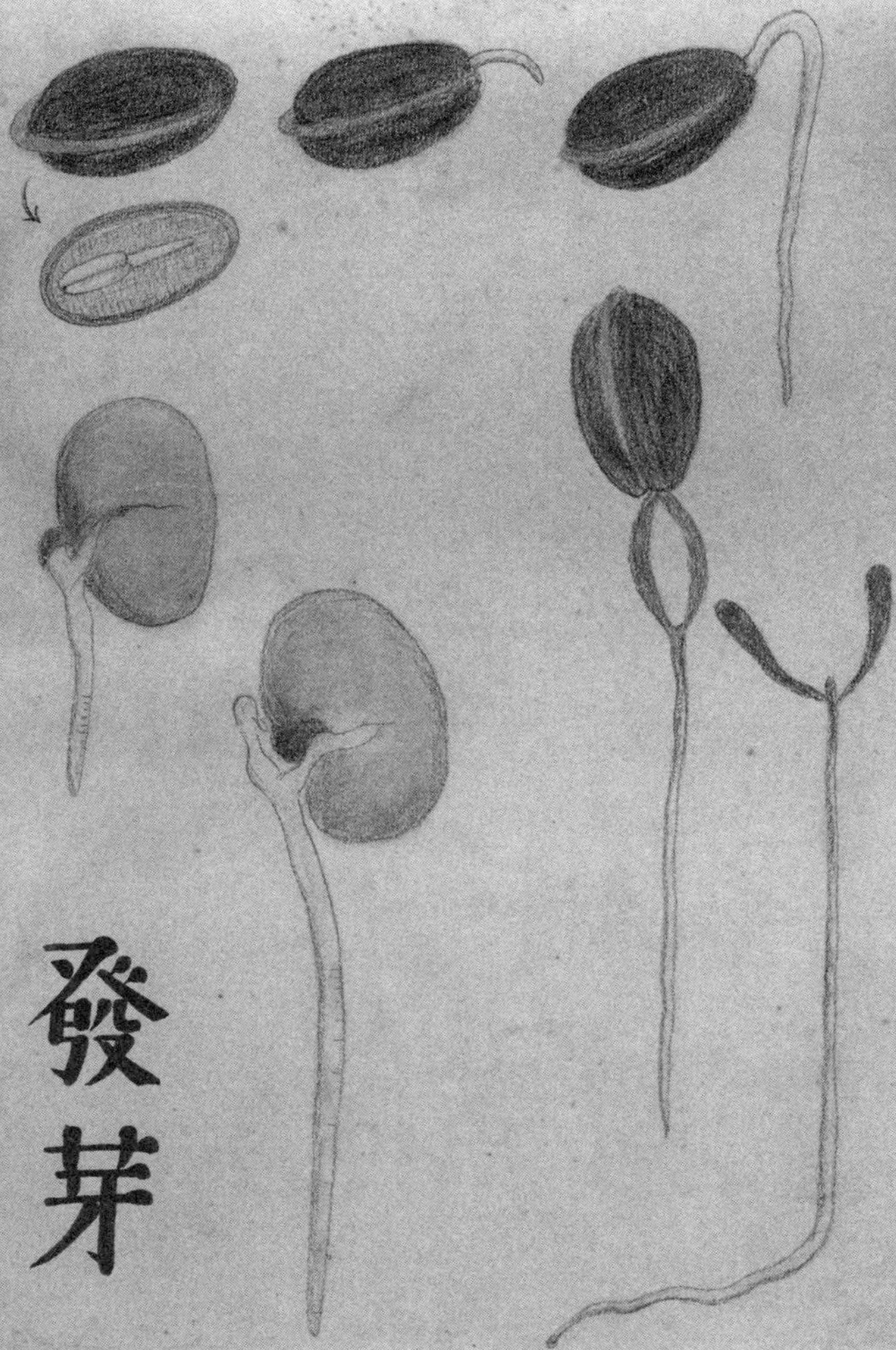

發芽

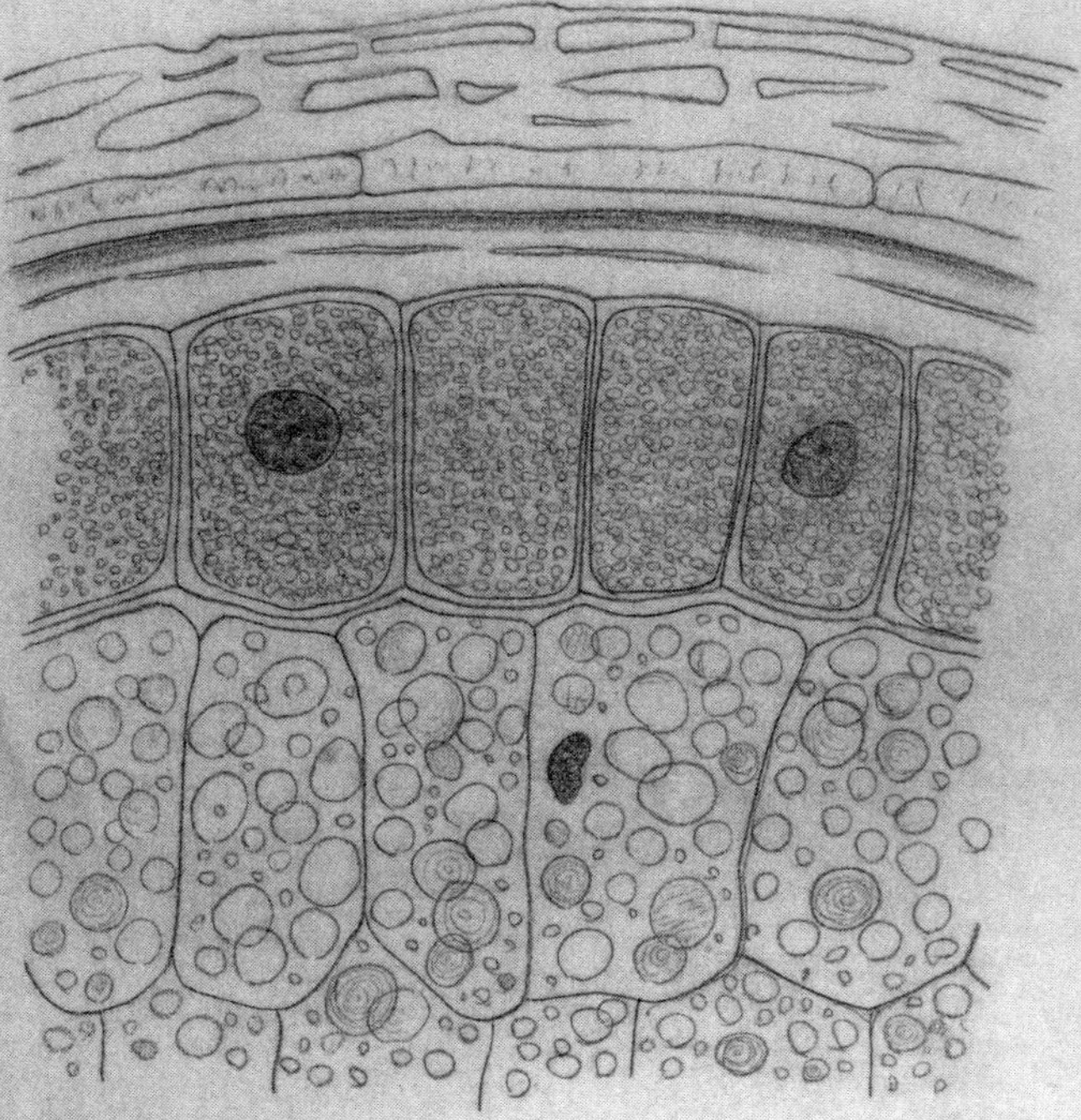

小麦種実断面

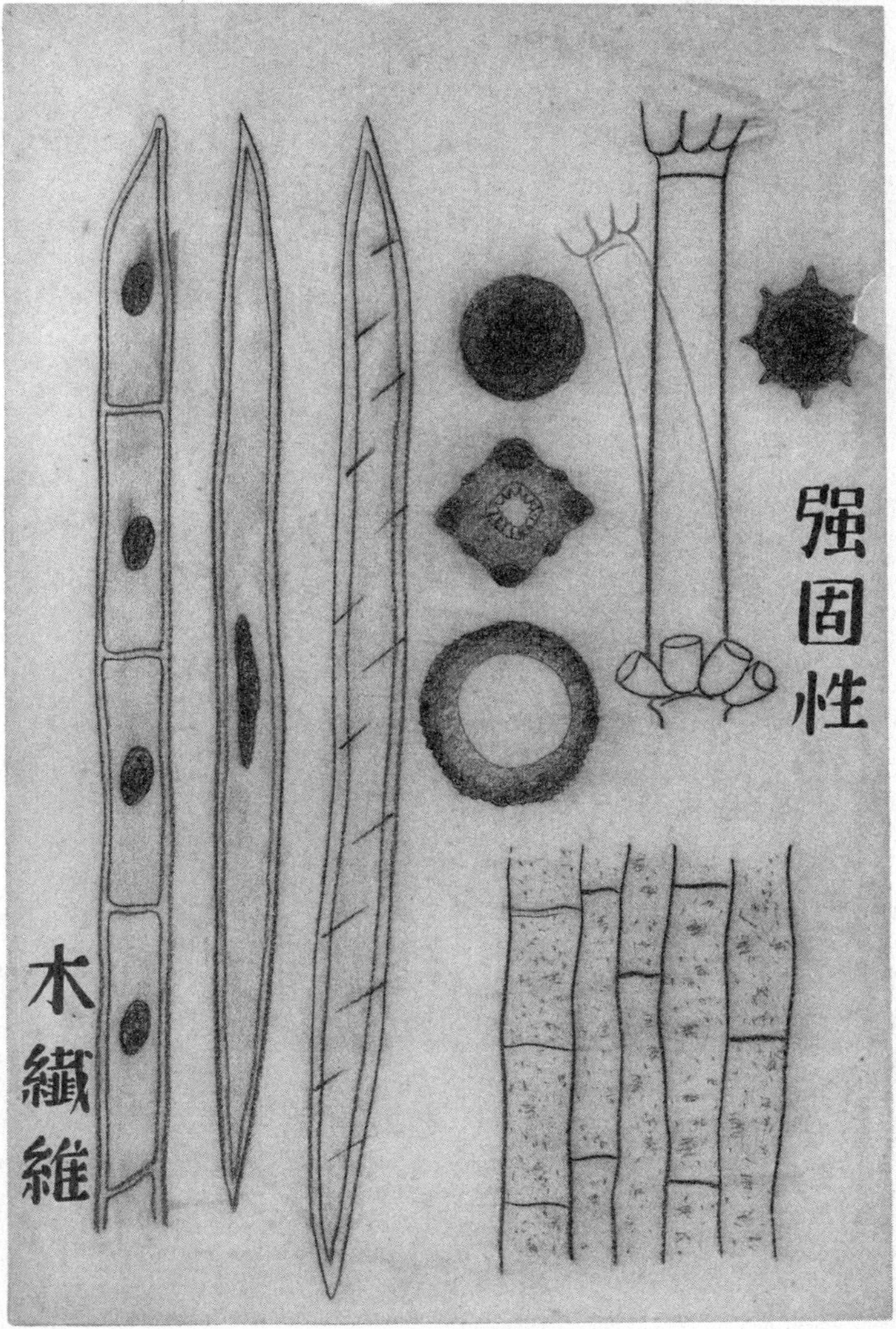
强固性
木纖維

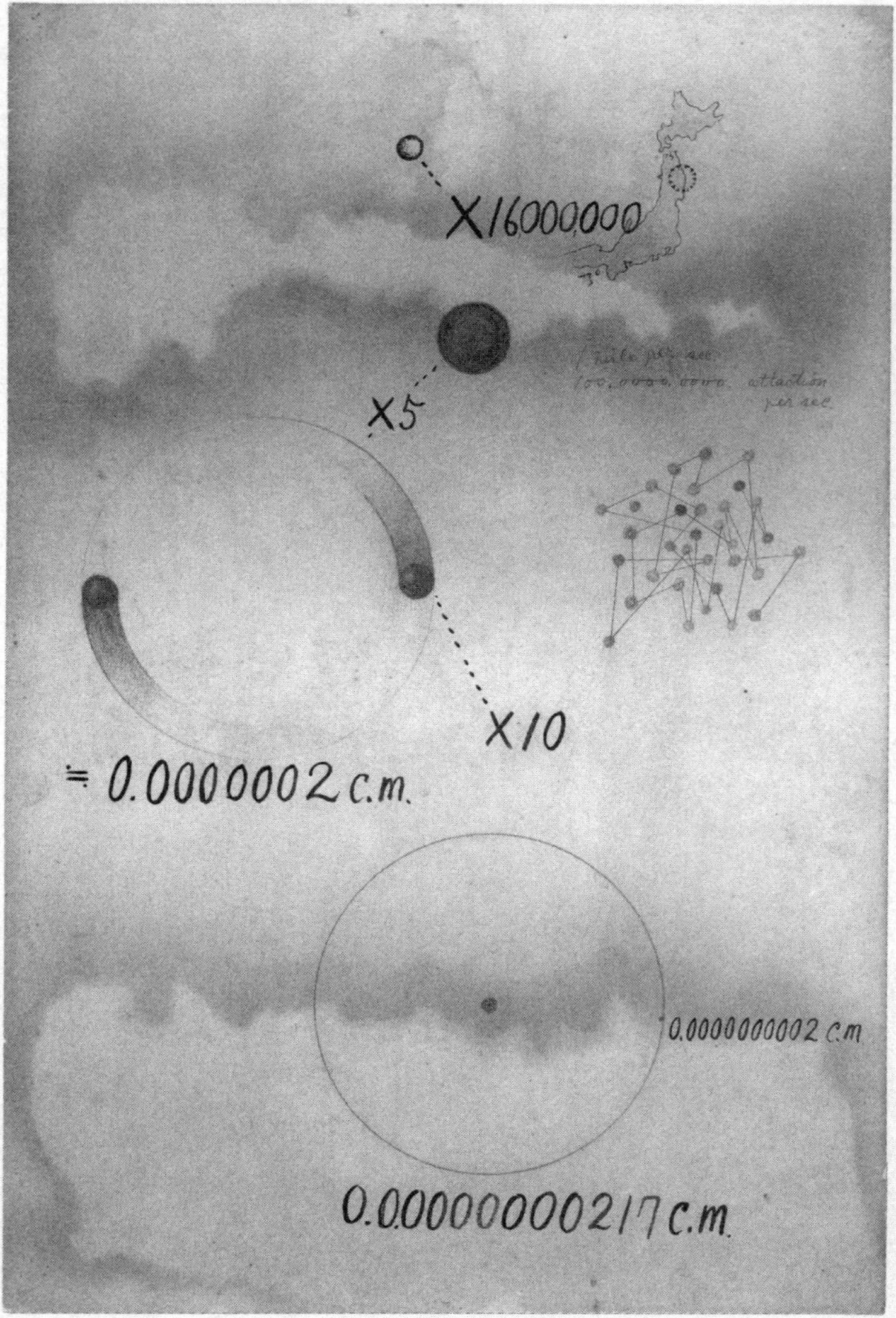
X16000000
X5
X10
≒ 0.0000002 c.m.
attachion
per sec
0.0000000002 c.m
0.0.0000000217 c.m.

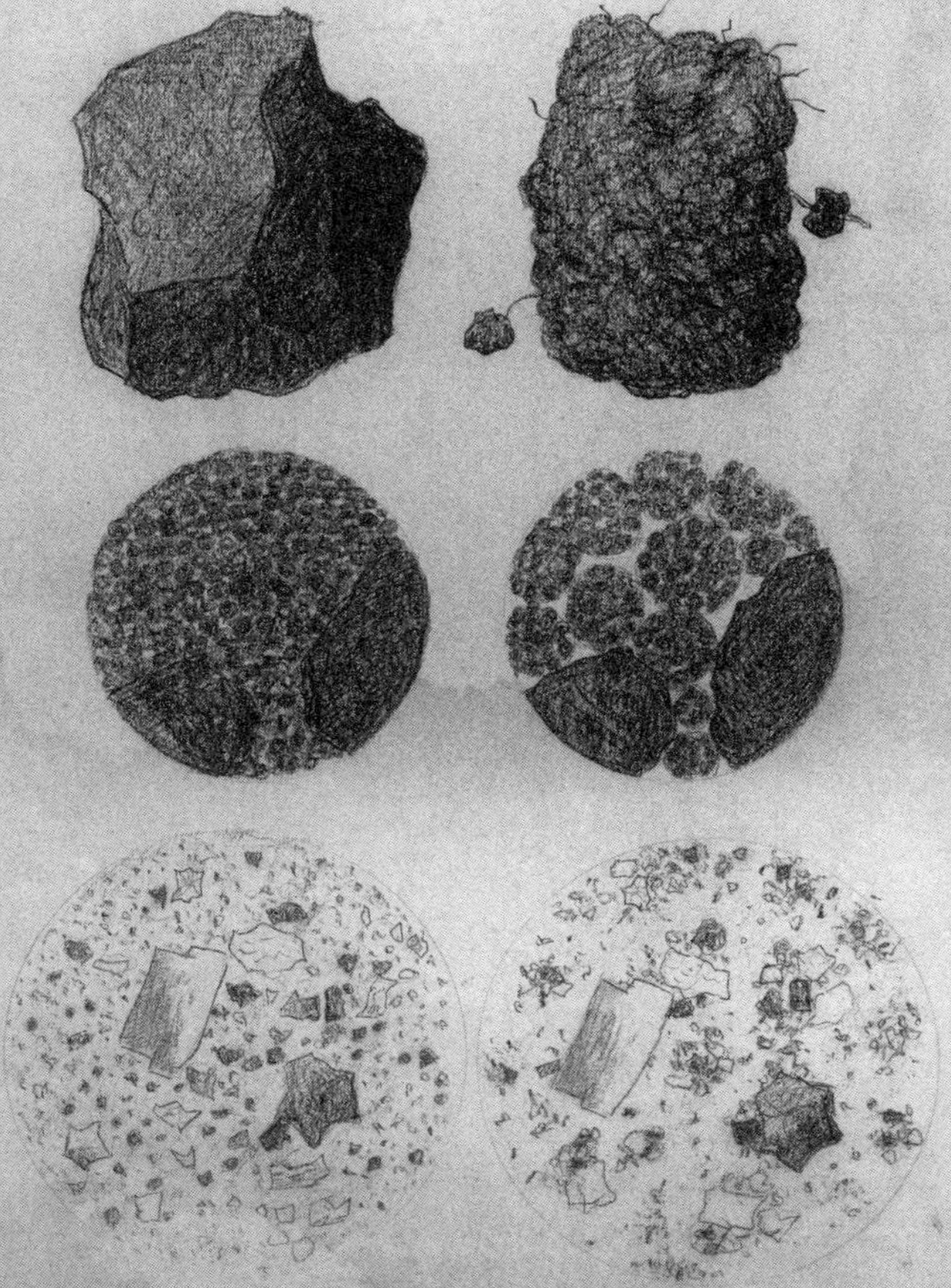

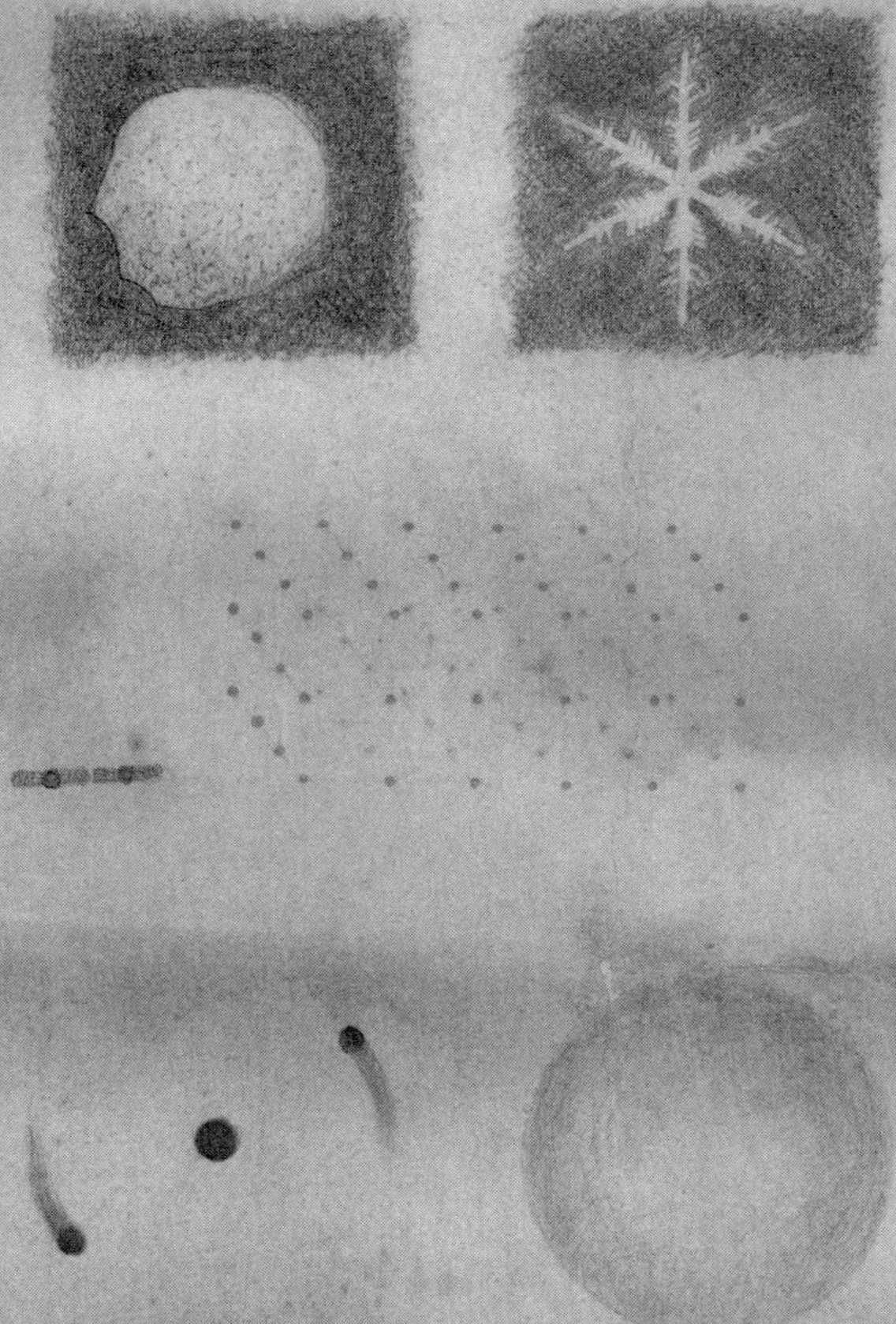

土色圖

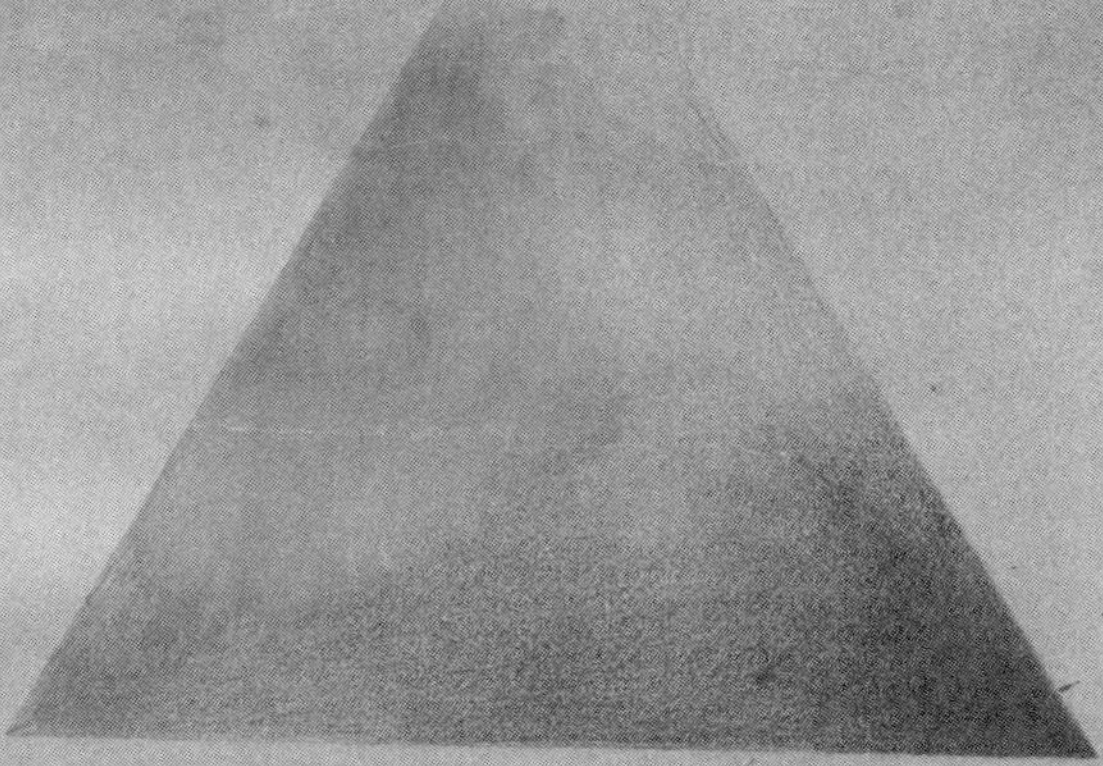

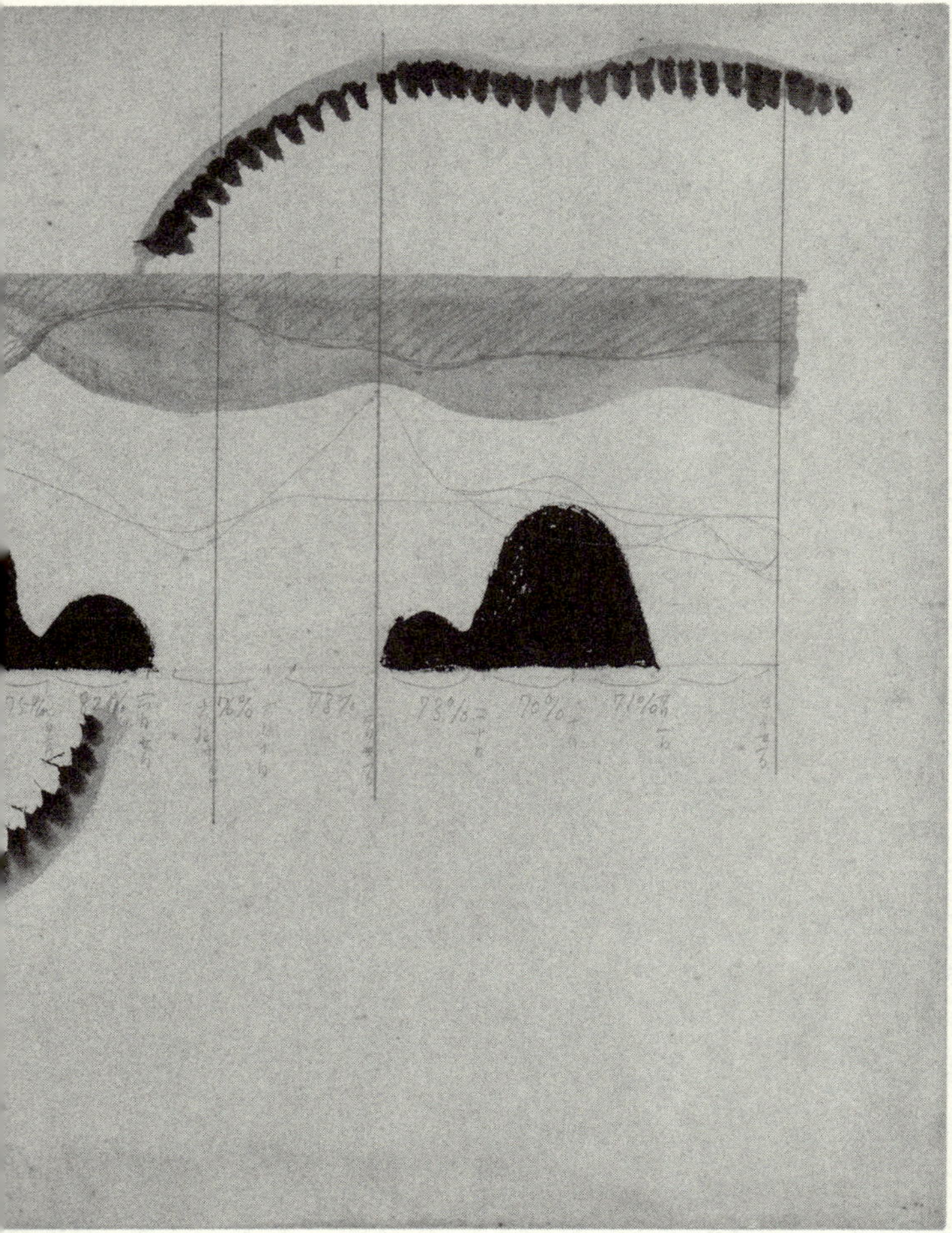

76%
78%
70%

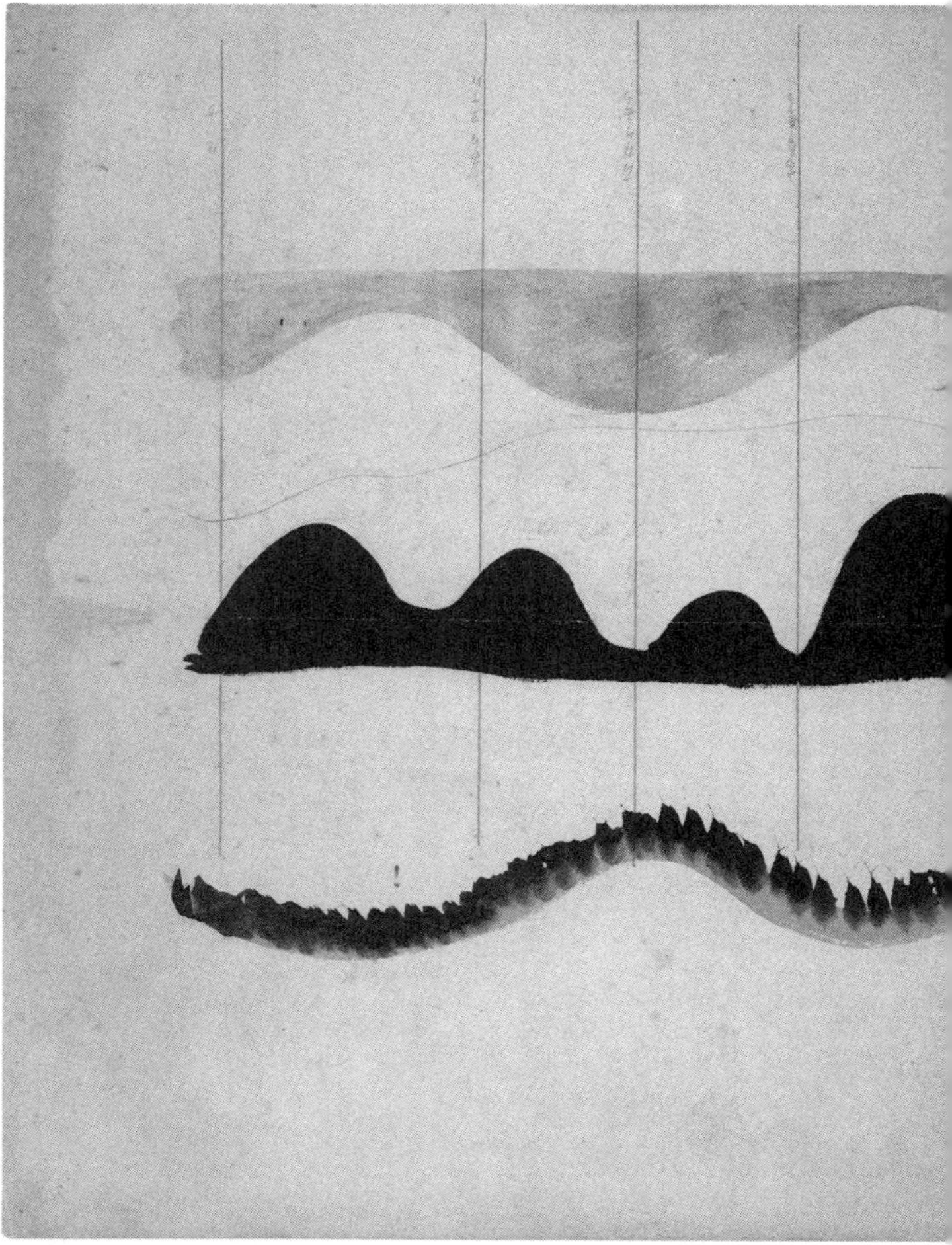

127　羅須地人協会の教材用絵図

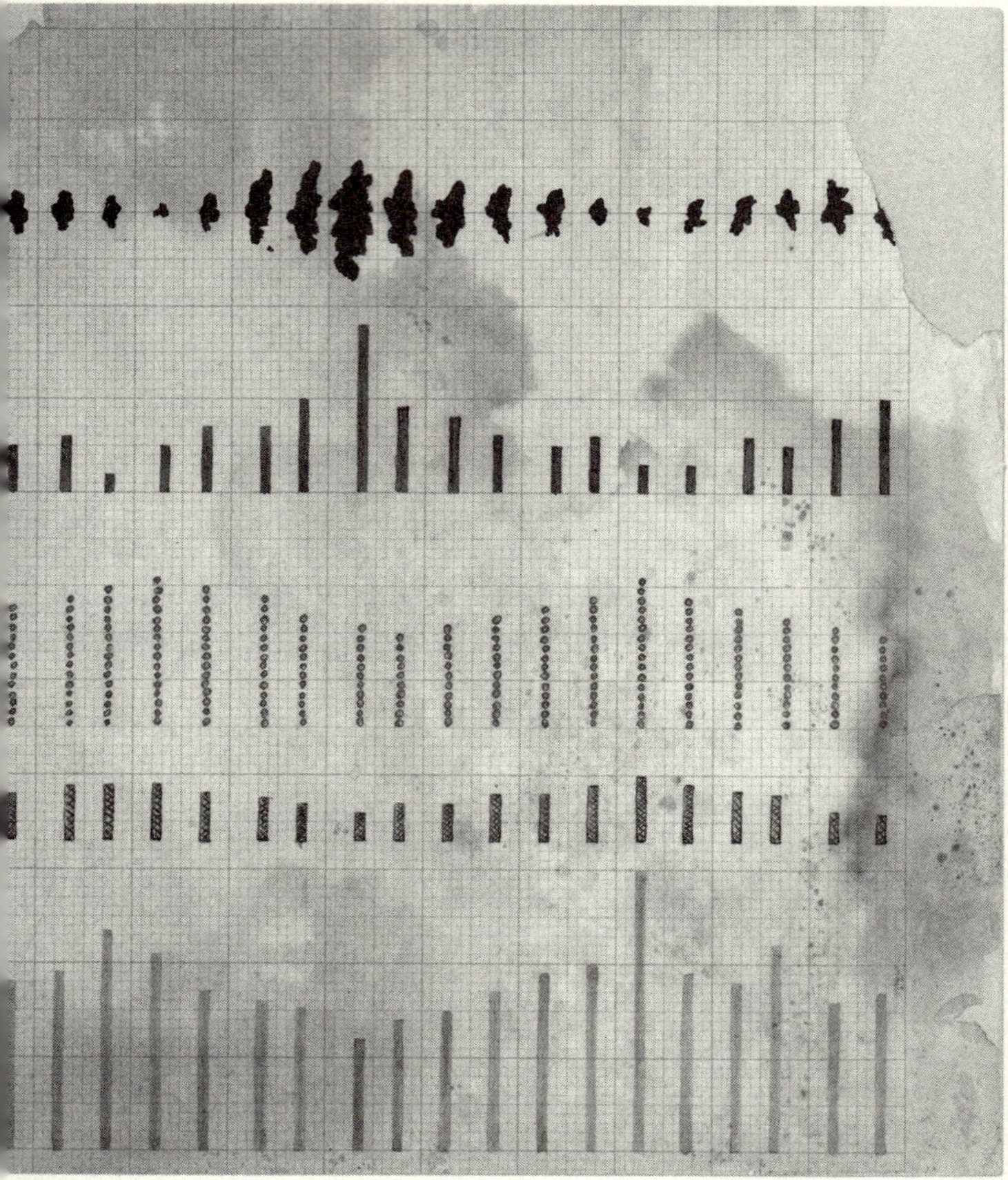

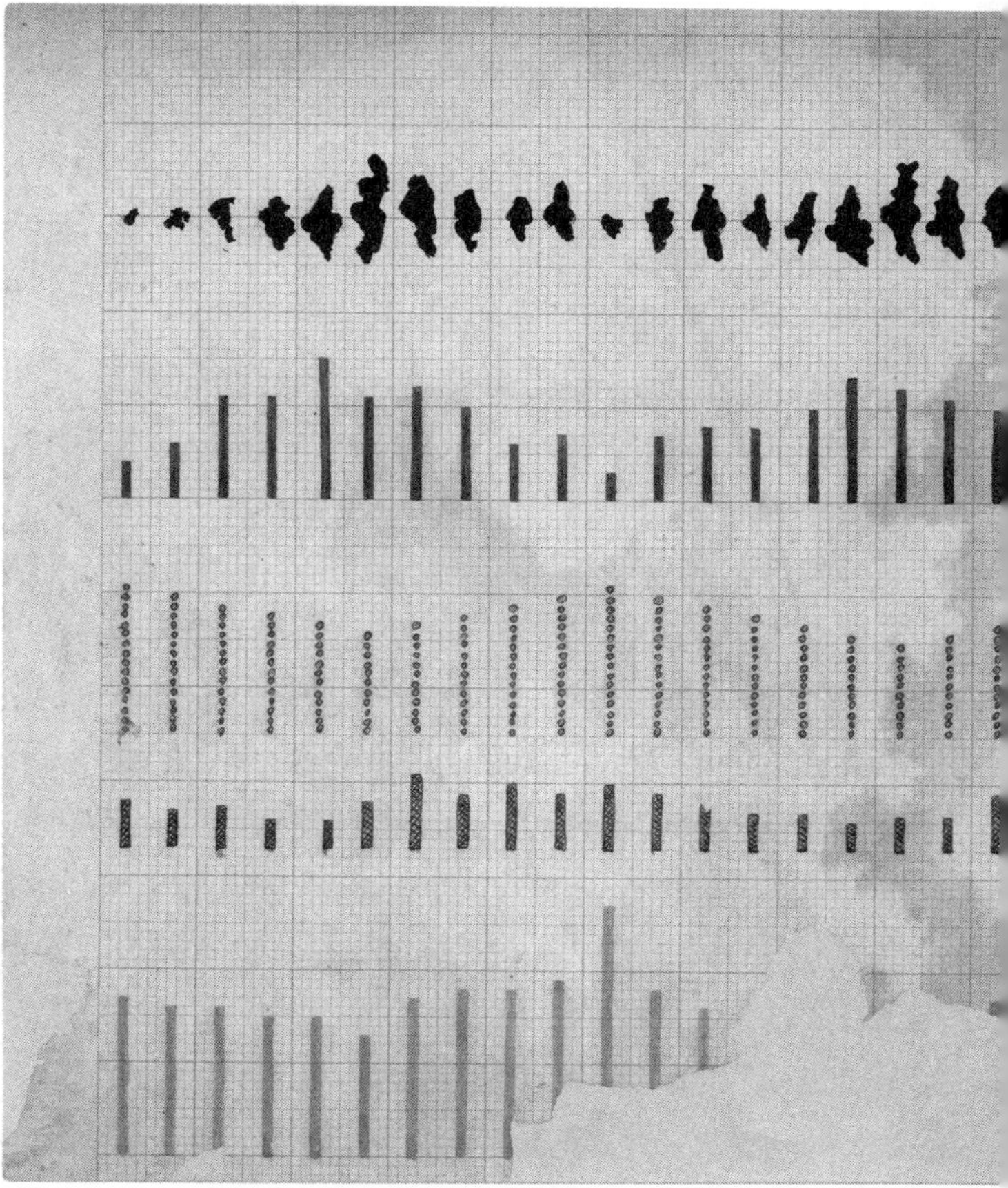

129　羅須地人協会の教材用絵図

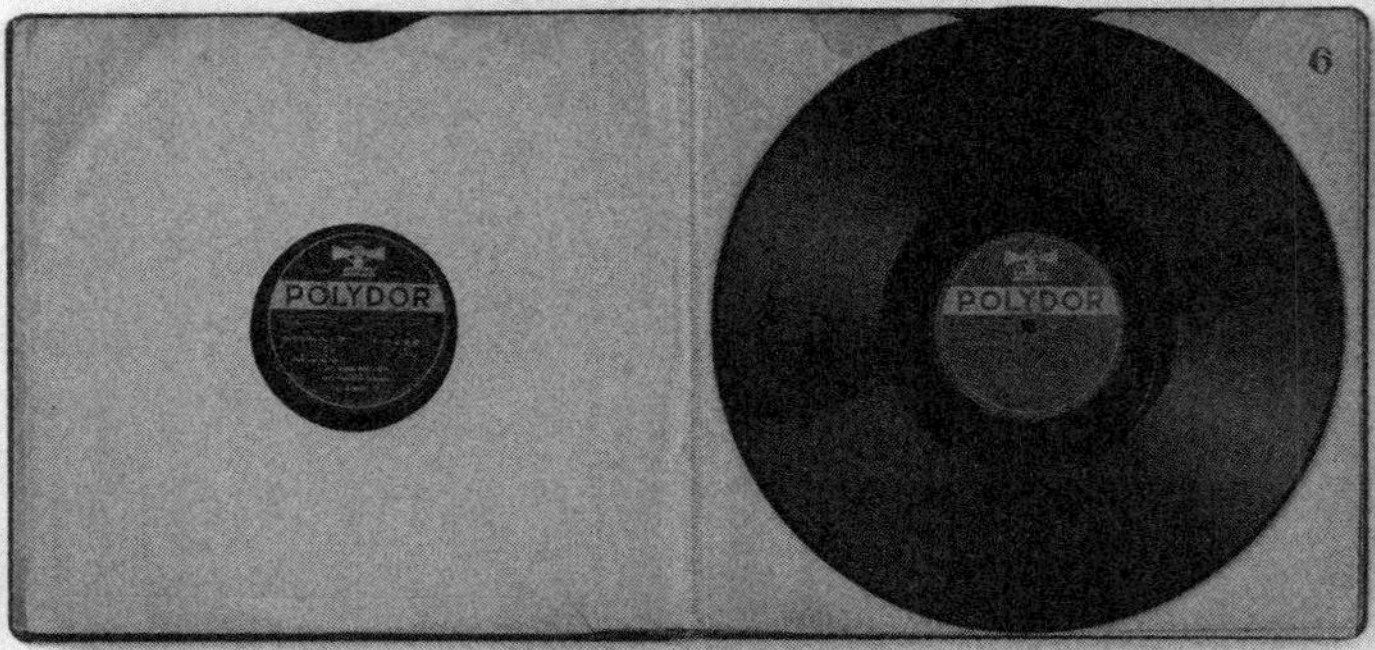
6
POLYDOR
POLYDOR

タネリはたしかにいちにち
噛《か》んでいたようだった

ホロタイタネリは、小屋の出口で、でまかせのうたをうたいながら、何か細かくむしったものを、ばたばたばたばた、棒で叩《たた》いて居《お》りました。

「山のうえから、青い藤蔓《ふじづる》とってきた

…西風ゴスケに北風カスケ…

崖《がけ》のうえから、赤い藤蔓とってきた

…西風ゴスケに北風カスケ…

森のなかから、白い藤蔓とってきた

…西風ゴスケに北風カスケ…

洞《ほら》のなかから、黒い藤蔓とってきた

…西風ゴスケに北風カスケ…

山のうえから、…」

タネリが叩いているものは、冬中かかって凍《こお》らして、こまかく裂《さ》いた藤蔓でした。

「山のうえから、青いけむりがふきだした
…西風ゴスケに北風カスケ…
崖のうえから、赤いけむりがふきだした
…西風ゴスケに北風カスケ…
森のなかから、白いけむりがふきだした
…西風ゴスケに北風カスケ…
洞のなかから、黒いけむりがふきだした
…西風ゴスケに北風カスケ…。」

ところがタネリは、もうやめてしまいました。向こうの野はらや丘《おか》が、あんまり立派で明るくて、それにかげろうが、「さあ行こう、さあ行こう。」というように、そこらいちめん、ゆらゆらのぼっているのです。

タネリはとうとう、叩いた蔓を一束《ひとたば》もって、口でもにちゃにちゃ噛《か》みながら、そっちの方へ飛びだしました。

「森へは、はいって行くんでないぞ。」ながねの下で、白樺《しらかば》の皮、剝《は》いで来《こ》よ。」

うちのなかから、ホロタイタネリのお母《つか》さんが云《い》いました。

タネリは、そのときはもう、子鹿《こじか》のように走りはじめていましたので、返事する間《ま》もありませんでした。

枯《か》れた草は、黄いろにあかるくひろがって、どこもかしこも、ごろごろころがってみたいくらい、そのはてでは、青ぞらが、つめたくつるつる光っています。タネリは、まるで、早く行ってその青ぞらをすこし喰《た》べるのだというふうに走りました。

タネリの小屋が、兎《うさぎ》ぐらいに見えるころ、タネリはやっと走るのをやめて、ふざけたように、口を大きくあきながら、頭をがたがたふりました。それから思い出したように、あの藤蔓を、また五六ぺんにちゃにちゃ嚙みました。その足もとに、去年の枯れた萱《かや》の穂《ほ》が、三本倒《たお》れて、白くひかって居りました。タネリは、もがもがつぶやきました。

「こいつらが
ざわざわざわざわ云ったのは、
ちょうど昨日《きのう》のことだった。
何《なに》して昨日のことだった？
雪を勘定《かんじょう》しなければ、
ちょうど昨日のことだった。」
ほんとうに、その雪は、まだあちこちのわずかな窪《くぼ》みや、向こうの丘の四本《しほん》の柏《かしわ》の木の下で、まだらになって残っています。タネリは、大きく息をつきながら、まばゆい頭のうえを見ました。そこには、小さなすきとおる渦巻《うずま》きのようなものが、ついついと、のぼったりおりたりしているのでした。タネリは、また口のなかで、きゅうくつそうに云いました。
「雪のかわりに、これから雨が降るもんだから、
そうら、あんなに、雨の卵ができている。」
そのなめらかな青ぞらには、まだ何か、ちらちらちらちら、網《あみ》になったり紋《もん》

になったり、ゆれてるものがありました。タネリは、柔《やわ》らかに噛んだ藤蔓を、いきなりぷっと吐《は》いてしまって、こんどは力いっぱい叫《さけ》びました。

「ほう、太陽《てんとう》の、きものをそらで編んでるぞ
いや、太陽の、きものを編んでいるだけでない。
そんなら西のゴスケ風《かぜ》だか？
いいや、西風ゴスケでない
そんならホースケ、蜂《すがる》だか？
うんにゃ、ホースケ、蜂でない
そんなら、トースケ、ひばりだか？
うんにゃ、トースケ、ひばりでない。」

タネリは、わからなくなってしまいました。そこで仕方なく、首をまげたまま、また藤蔓を一《ひと》つまみとって、にちゃにちゃ噛みはじめながら、かれ草をあるいて行きました。向こうにはさっきの、四本の柏が立っていてつめたい風が吹《ふ》きますと、去年の赤い枯れた葉は、一度にざらざら鳴りました。タネリはお

もわず、やっと柔らかになりかけた藤蔓を、そこらへふっと吐いてしまって、その西風のゴスケといっしょに、大きな声で云いました。
「おい、柏の木、おいらおまえと遊びに来たよ。遊んでおくれ。」
この時、風が行ってしまいましたので、柏の木は、もうこそっとも云わなくなりました。
「まだ睡《ね》てるのか、柏の木、遊びに来たから起きてくれ。」
柏の木が四本とも、やっぱりだまっていましたので、タネリは、怒《おこ》って云いました。
「雪のないとき、ねていると、
西風ゴスケがゆすぶるぞ
ホースケ蜂《すがる》が巣を食《く》うぞ
トースケひばりが糞《くそ》ひるぞ。」
それでも柏は四本とも、やっぱり音をたてませんでした。タネリは、こっそり爪立《つまだ》てをして、その一本のそばへ進んで、耳をぴったり茶いろな幹にあてがって、なかのようすをうかがいました。けれども、中はしんとして、まだ芽《め》も葉もうごきはじめるもようがありませんでした。

「来たしるしだけつけてくよ。」タネリは、さびしそうにひとりでつぶやきながら、そこらの枯れた草穂《くさぼ》をつかんで、あちこちに四つ、結び目をこしらえて、やっと安心したように、また藤《ふじ》の蔓《つる》をすこし口に入れてあるきだしました。

丘のうしろは、小さな湿地《しっち》になっていました。そこではまっくろな泥《どろ》が、あたたかに春の湯気《ゆげ》を吐き、そのあちこちには青じろい水ばしょう、牛《ベゴ》の舌《した》の花が、ぼんやりならんで咲《さ》いていました。タネリは思わず、また藤蔓を吐いてしまって、勢《いきお》いよく湿地のへりを低い方へつたわりながら、その牛の舌の花に、一つずつ舌を出して挨拶《あいさつ》してあるきました。そらはいよいよ青くひかって、そこらはしぃんと鳴るばかり、タネリはとうとう、たまらなくなって、

「おーい、誰《たれ》か居たかあ。」と叫びました。すると花の列のうしろから、一ぴきの茶いろの蟇《ひきがえる》が、のそのそ這《は》ってでてきました。タネリは、ぎくっとして立ちどまってしまいました。それは蟇の、這いながらかんがえていることが、

まるで遠くで風でもつぶやくように、タネリの耳にきこえてきたのです。

（どうだい、おれの頭のうえは。

いつから、こんな、
ぺらぺら赤い火になったろう。）

「火なんか燃えてない。」タネリは、こわごわ云いました。蟇は、やっぱりのそのそ這いながら、

（そこらはみんな、桃《もも》いろをした木耳《きくらげ》だ。

ぜんたい、いつから、
こんなにぺらぺらしだしたのだろう。）といっています。タネリは、俄《にわ》かにこわくなって、いちもくさんに遁《に》げ出しました。

しばらく走って、やっと気がついてとまってみると、すぐ目の前に、四本の栗《くり》が立っていて、その一本の梢《こずえ》には、黄金《きん》いろをした、やどり木の立派なまりがついていました。タネリは、やどり木に何か云おうとしましたが、あんまり走って、胸がどかどかふいごのようで、どうしてもものが云えませんでした。

早く息をみんな吐いてしまおうと思って、青ぞらへ高く、ほうと叫んでも、まだなおりませんでした。藤蔓を一つまみ噛んでみても、まだなおりませんでした。そこでこんどはふっと吐き出してみましたら、ようやく叫べるようになりました。

「栗の木　死んだ、何して死んだ、
子どもにあたまを食われて死んだ。」

するとと上の方で、やどりぎが、ちらっと笑ったようでした。タネリは、面白《おもしろ》がって節をつけてまた叫びました。

「栗の木食って　栗の木死んで
かけすが食って　子どもが死んで
夜鷹《よだか》が食って　かけすが死んで
鷹は高くへ飛んでった。」

やどりぎが、上でべそをかいたようなので、タネリは高く笑いました。けれども、その笑い声が、潰《つぶ》れたように丘へひびいて、それから遠くへ消えたとき、タネリは、しょんぼりしてしまいました。そしてさびしそうに、また藤の蔓を一つまみとって、にちゃにちゃと噛みはじめました。

その時、向こうの丘の上を、一疋《ぴき》の大きな白い鳥が、日を遮《さえ》ぎって飛びたちました。はねのうらは桃いろにぎらぎらひかり、まるで鳥の王さまとでもいうふう、タネリの胸は、まるで、酒でいっぱいのようになりました。タネリは、いま噛んだばかりの藤蔓を、勢いよく草に吐いて高く叫びました。

「おまえは鴇《とき》という鳥かい。」

鳥は、あたりまえさというように、ゆっくり丘の向こうへ飛んで、まもなく見えなくなりました。タネリは、まっしぐらに丘をかけのぼって、見えなくなった鳥を追いかけました。丘の頂上に来て見ますと、鳥は、下の小さな谷間《たにま》の、枯れた蘆《あし》のなかへ、いま飛び込むところです。タネリは、北風カスケより速く、丘を馳《か》け下《お》りて、その黄いろな蘆むらのまわりを、ぐるぐるまわりながら叫びました。

「おおい、鴇、

おいらはひとりなんだから、
おまえはおいらと遊んでおくれ。
おいらはひとりなんだから。」
鳥は、ついておいでというように、蘆のなかから飛びだして、南の青いその板に、射られた矢のようにかけあがりました。タネリは、青い影法師《かげぼうし》といっしょに、ふらふらそれを追いました。かたくりの花は、その足もとで、たびたびゆらゆら燃えましたし、空はぐらぐらゆれました。鳥は俄かに羽をすぼめて、石ころみたいに、枯草《かれくさ》の中に落ちては、またまっすぐに飛びあがります。タネリも、つまずいて倒れてはまた起きあがって追いかけました。鳥ははるかの西に外《そ》れて、青じろく光りながら飛んで行きます。タネリは、一つの丘をかけあがって、ころぶようにまたかけ下りました。そこは、ゆるやかな野原になっていて、向こうは、ひどく暗い巨《おお》きな木立《こだち》でした。鳥は、まっすぐにその森の中に落ち込みました。タネリは、胸を押さえて、立ちどまってしまいました。向こうの木立が、あんまり暗くて、それに何の木かわからないのです。ひばよりも暗く、榧《かや》よりももっと陰気《いんき》で、なかには、どんなものがかくれているか知れませんでした。それに、何かきたいな怒鳴《どな》りや叫びが、中から聞こえて来るのです。タネリは、いつでも遁げられるように、半分うしろを向いて、片足を出しながら、こわごわそっちへ叫んで見ました。

「鴇、鴇、おいらとあそんでおくれ。」

「えい、うるさい、すきなくらいそこらであそんでけ。」たしかにさっきの鳥でないちがったものが、そんな工合《ぐあい》にへんじしたのでした。

「鴇、鴇、だから出てきておくれ。」

「えい、うるさいったら。ひとりでそこらであそんでけ。」

「鴇、鴇、おいらはもう行くよ。」

「行くのかい。さよなら、えい、畜生《ちくしょう》、その骨汁《ほねじる》は、空虚《から》だったのか。」

タネリは、ほんとうにさびしくなって、また藤の蔓を一つまみ、噛みながら、もいちど森を見ましたら、いつの間にか森の前に、顔の大きな犬神《いぬがみ》みたいなものが、片っ方の手をふところに入れて、山梨《やまなし》のような赤い眼《め》をきょろきょろさせながら、じっと立っているのでした。タネリは、まるで小さくなって、一目《いちもく》さんに遁げだしました。そしていなずまのようにつづけざまに丘を四つ越えました。そこに四本の栗の木が立って、その一本の梢には、立派なやどりぎのまりがついていました。それはさっきのやどりぎでした。いかにもタネリをばかにしたように、上できらきらひかっています。タネリは工合のわるいのをごまかして、

「栗の木、起きろ。」と云いながら、うちの方へあるきだしました。日はもう、よっぽど西にかたよって、丘には陰影《かげ》もできました。かたくりの花はゆらゆらと燃え、その葉の上には、いろいろな黒いもようが、次から次と、出てきては消え、でてきては消えしています。タネリは低く読みました。

「太陽《てんとう》は、
丘の髪毛《かみけ》の向こうのほうへ、
かくれて行ってまたのぼる。
そしてかくれてまたのぼる。」

タネリは、つかれ切って、まっすぐにじぶんのうちへもどって来ました。

「白樺《しらかば》の皮、剝がして来たか。」タネリがうちに着いたとき、タネリのお母さんが、小屋の前で、こならの実を搗《つか》きながら云いました。

「うんにゃ。」タネリは、首をちぢめて答えました。

「藤蔓みんな嚙《か》じって来たか。」

「うんにゃ、どこかへ無くしてしまったよ。」タネリがぼんやり答えました。

「仕事に藤蔓嚙みに行って、無くしてくるものあるんだか。今年はおいら、おまえのきものは、一つも編んでやらないぞ。」お母さんが少し怒って云いました。

「うん。けれどもおいら、一日嚙んでいたようだったよ。」

タネリが、ぼんやりまた云いました。

「そうか。そんだらいい。」お母さんは、タネリの顔付きを見て、安心したように、またこならの実を搗《つ》きはじめました。

一九二四年頃

「山《やま》のうへから、青《あを》い藤蔓《ふぢつる》とってきた
……西風《にしかぜ》ゴスケに北風《きたかぜ》カスケ……
崖《がけ》のうへから、赤《あか》い藤蔓《ふぢ》とってきた
……西風《にしかぜ》ゴスケに北風《きたかぜ》カスケ……

KENJI
31

“ÏHATOV” FARMERS’ SONG

「"IHATOV" FARMERS' SONG」（イーハトーブ・ファーマーズ・ソング）は、童話「ポラーノの広場」で歌われる農民歌。賢治が作詞を手がけ、自筆した謄写版楽譜が現存している。

つめくさ灯ともす　夜のひろば
むかしのラルゴを　うたひかはし
雲をもどよもし　夜風にわすれて
とりいれまぢかに　年ようれぬ

まさしきねがひに　いさかふとも
銀河のかなたに　ともにわらひ
なべてのなやみを　たきぎともしつゝ
はえある世界を　ともにつくらん

T.

IN CLASSICAL AIRS)

"ÏHATOV" FARMERS' SON

逆引き図像解説

KENJI 1
花巻農学校の実習農場で　一九二六年　18頁
憧れのベートーベンを真似て。サインは直筆。

KENJI 2
『イーハトヴ童話 注文の多い料理店』　21頁
生前に刊行した唯一の童話集。装幀挿画は菊池武雄。

KENJI 3
愛用のメトロノーム　22頁
音楽が好きでバイオリンやチェロを練習していた。

KENJI 4
手帳に書き込んだサイン　25頁
アルファベットで綴った自署。「兄妹像手帳」より。

KENJI 5
岩手県稗貫郡西部山地の地質図　26頁
学生時代の野外調査で記入したルートマップ。

KENJI 6
教師時代に黒板の前で　一九二六年　28頁
黒板には北上平野の地質断面図が描かれている。

KENJI 7
原稿「銀河鉄道の夜」第一葉　32頁
幾度の手入れを経て第四次稿で新たに挿入した冒頭部。

KENJI 8
肥料設計書　36頁
農家の肥料を無料で設計。手掛けた数は二千枚とも。

KENJI 9
水彩画 無題〔赤玉〕　38頁
3つの円は朱色、放射状の線は黒。自ら彩色した。

KENJI 10
東北砕石工場技師時代に　一九三〇年頃　40頁
農学校での教え子である高橋忠治が撮影。

KENJI 11
偏光顕微鏡　43頁
盛岡高等農林学校で鉱物観察に用いた特殊顕微鏡。

KENJI 12
花巻共立病院の花壇の構想図　45頁
賢治構想の花壇。「MEMO FLORA」ノートより。

KENJI 13
「Tearful eye」花壇設計メモ　46頁
意味は「涙ぐむ眼」。「MEMO FLORA」ノートより。

KENJI 14
花巻農学校の職員室で同僚らと　50頁
中央が賢治。約四年間、農学校の教師を勤めた。

KENJI 15
羅須地人協会「集会案内」　55頁
協会ではレコード交換会などさまざまな活動をした。

KENJI 16
羅須地人協会の教室　56頁
十畳ほどの板の間が講義に集う仲間で賑わった。

KENJI 17
羅須地人協会の外観 57頁
自耕自作の生活と協会活動の拠点となった建物。

KENJI 18
協会の伝言板「下ノ畑ニ居リマス」 58頁
出かける時はよく行き先を板書したという。

KENJI 19
水彩画 無題〈月夜のでんしんばしら〉 60頁
童話の主題にもなった〝歩く電信柱〟を描いた。

KENJI 20
スケッチ「手製ノート」より 65頁
絵の構想か。「Slight touch at the cheek」と書き込み。

KENJI 21
スケッチ「手製ノート」より 66頁
milky white、dark indigo など詳細な色彩指定がある。

KENJI 22
素描〈猫〉 71頁
詩稿用紙の草稿の上に素描。よく動物の戯画を描いた。

KENJI 23
原稿「春と修羅」第一葉 72頁
表題横には「mental sketch modified」と記されている。

KENJI 24
かんらん岩の標本 96頁
農林学校時代に採取された岩石。

KENJI 25
原稿「気のいい火山弾」より 111頁
童話でベゴ石が歌うユーモラスな歌の一節。

KENJI 26
原稿「セロ弾きのゴーシュ」第一葉 112頁
生前未発表作品で晩年の執筆。何度も推敲を重ねた。

KENJI 27
原稿「風野又三郎」創作メモ 第一葉 114頁
主人公・又三郎の十二日間の学校生活を構想している。

KENJI 28
羅須地人協会「講義案内」 116頁
日程にはエスペラント語の講義の予定も。

KENJI 29
ベートーベン 交響曲第六番「田園」 130頁
SPレコード収集家でもあった賢治の愛聴盤。

KENJI 30
自筆の原稿より 147頁
童話の冒頭で主人公ホロタイタネリが口ずさむ歌。

KENJI 31
愛用したチェロ 148頁
鈴木バイオリン製六号。胴内にK・Mと署名がある。

KENJI 32
楽譜「"IHATOV" FARMERS' SONG」 152頁
自ら作詞。歌詞は童話「ポラーノの広場」に登場する。

この人

宮《みや》沢《ざわ》賢《けん》治《じ》

詩人・童話作家（一八九六〜一九三三）

岩手県花巻の生まれ。少年期から大の鉱物好きであだ名は「石コ賢さん」。盛岡高等農林学校で地質や農学、化学を学ぶ。十代から短歌を詠み、故郷の岩手を幻想的に描いた〝イーハトーブ〟を舞台に、「銀河鉄道の夜」をはじめ童話約百篇、詩約八百篇など多彩な作品を生み出した。生前刊行された本は詩集『心象スケッチ　春と修羅』、童話集『注文の多い料理店』のみ。新しい農村づくりを目指して羅須地人協会を設立し、農業教育や肥料設計に尽力した。三十七歳の若さで病没。

◉宮沢賢治記念館――岩手県花巻市矢沢第一地割一－三六

あの人

草野心平、司修、R・パルバース

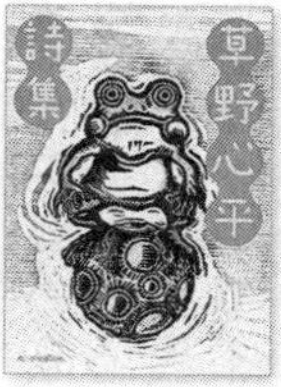

才能の発見者

幻想を描く人

銀河鉄道の英訳者

『草野心平詩集』
草野心平 著（ハルキ文庫）
賢治の「天才」をいち早く見抜いて世に紹介した詩人・草野心平。二人は書簡も交わしている。代表作「ごびらっふの独白」などを収録した詩篇集。

絵本『セロひきのゴーシュ』
宮沢賢治 文、司修 画（冨山房）
音楽家ゴーシュと動物たちの交流を描いた賢治の物語に、画家・装丁家の司修が絵をつけた幻想的な絵本。『銀河鉄道の夜』の絵本版も手掛けている。

『英語で読む銀河鉄道の夜』
宮沢賢治 作、ロジャー・パルバース訳（ちくま文庫）
英題は「Night On The Milky Way Train」。長年、賢治を研究してきた翻訳者による労作。賢治の作品は数多く翻訳され、海外でも親しまれている。

●本書に収録した童話作品は『宮沢賢治コレクション』（全十巻・筑摩書房）を底本としました。
●漢字・かな遣いは現代表記に改め、詩作品のみ旧かな遣いのままとしました。
●作品中には今日では不適切と思われる表現がありますが、執筆時の時代背景や作品の性質を考慮して原文のままとしています。

●「くらしの形見」収録品
〔1、5、6〕宮沢賢治記念館／〔2〜4〕岩手大学農学部附属農業教育資料館／〔7、8〕林風舎
●本文図版クレジット
〔1、6、9、10、14、15、19〕林風舎／〔2、3、5、7、12、13、20〜23、25〜32、教材用絵図〕宮沢賢治記念館／〔8〕提供＝平凡社／〔11、24〕岩手大学農学部附属農業教育資料館／〔16、17〕岩手県立花巻農業高等学校　提供＝花巻観光協会／〔18〕岩手県立花巻農業高等学校　提供＝川嶋印刷

MUJI BOOKS 人と物 17

宮沢賢治

2022年9月1日　初版第1刷発行

著者	宮沢賢治
発行	株式会社良品計画
	〒170-8424 東京都豊島区東池袋4-26-3 電話 0120-14-6404（お客様室）
企画制作	株式会社良品計画、株式会社EDITHON
編集デザイン	櫛田理、広本旅人、佐伯亮介
印刷製本	三晃印刷株式会社
協力	宮沢賢治記念館、林風舎

ご協力いただいたすべての皆様に御礼申し上げます。

ISBN978-4-909098-38-2　C0195

MUJI BOOKS

ずっといい言葉と。

少しの言葉で、モノ本来のすがたを
伝えてきた無印良品は、生まれたときから
「素」となる言葉を大事にしてきました。

人類最古のメディアである書物は、
くらしの発見やヒントを記録した
「素の言葉」の宝庫です。

古今東西から長く読み継がれてきた本をあつめて、
MUJI BOOKSでは「ずっといい言葉」とともに
本のあるくらしを提案します。